異世界で
魔王に生まれ変わった
青年
ユキ
俺は、並んだ名前の一番下、
余白の部分に手を触れる。
……ここに、俺の名前を刻むのか。
「——よし、終わり」
勇者
ネル

羊角の魔族
レイラ
「あなたとは、本当に四六時中一緒にいますからねー」
ウォーウルフ
リューイン
（愛称：リュー）
「レイラと二人だけでご飯っていうのも、珍しいっすねぇ」
「だいじょうぶ？」
ヒーリングスライム
シィ
ヴァンパイア
イルーナ
「いてて……」

背後の天井が突如開き、
転がり落ちてくる大岩。
材質は石製ではなく、スポンジ製である。
「にげろ～～！」

魔王《まおう》になったので、ダンジョン造って人外娘とほのぼのする 9

MAOU NI NATTA-NODE
DUNGEON
TSUKUTTE
JINGAI-MUSUME
TO HONO-BONO
SURU.

著 流優 RYUYU
ILLUST. だぶ竜

口絵・本文イラスト
だぶ竜

装丁
AFTERGLOW

MAOU NI NATTA-NODE
DUNGEON
TSUKUTTE
JINGAI-MUSUME
TO HONO-BONO
SURU.

CONTENTS

プロローグ　新たな配下達

新しいダンジョン領域を手に入れた。

ネルが所属する国、アーリシア王国に発生したダンジョンの魔王をネルと共に排除し、たまたまダンジョンコアに触れたら、スポッと俺に吸収されてそのままダンジョンも俺のものになったのである。

ほとんど偶然の産物というか、意図した訳ではなくそうなったのだが……まあ、それはいいのだ。

ダンジョン領域が広がったのは素直に嬉《うれ》しいし、おかげでＤ　Ｐ《ダンジョンポイント》収入も確実に増える。魔王の身としては万々歳の結果と言えるだろう。

海、楽しいしな。一つ違う環境が増えたのは喜ばしい。その内皆の水着姿でも見たいところだ。

が、一つ、問題とするならば――新たに俺の配下となった魔物どもである。

「……お前ら、本当に不気味だなぁ」

眼前に並んでいるのは、スケルトンやゾンビなどの、アンデッド系の魔物。

ぼう、とした様子で、俺の命令通りに大人しく雁首《がんくび》を揃《そろ》えている。

うーん、グロい。

コイツらのことは、とりあえず後回しにしてしまっていたが……さて、どうしたものか。

このダンジョンに棲息《せいそく》していたレイスだけは、新たな支配者である俺が生者であることが気に入らなかったらしく、敵対してきたがためにネルと共に完全に排除し切ったが、コイツらは普通に俺の支配下へと入ったため、そのままにしていたのだ。

ダンジョン攻略をしていた際に、かなりの数のアンデッドどもを排除したはずだが、それでもまだまだ数百体はいるだろうか。

コイツら全員使ったら、ゾンビ映画をCG無しで再現出来そうだな。

――まず、大前提として、俺はアンデッドが好きじゃない。死体をおもちゃにしているようで気が引ける。

だが、コイツらは、本当に死者が蘇《よみがえ》ったのではないだろう。

我が家のレイス娘達と同じように、恐らく生前がある訳ではなく、最初からこういう形でダンジョンに生み出されているはずだ。

だから、はっきり言ってしまえば、このアンデッドどもはただの人形である。思念体のようなレイスとは違って、グロテスクな見た目をしているだけの、命令通りに動く操り人形。

それに、こんなヤツらでも従順に俺に従っているのを見ると、それなりに可愛《かわい》く感じる――いや、そんなことは毛程もないが、それでもなんつーか、キモいしアンデッドが嫌いだからと排除する気にはなれないのだ。

「……リル、お前、コイツらと意思疎通出来るか？」

「……クゥ」

俺の配下どもの総括をしている、我が家の愛《いと》しいペット、モフリルことリル。

すぐ隣に佇《たたず》んでいる彼に問い掛けると、「いやぁ……流石《さすが》にコイツらは無理ですね」と言いたげな顔で鳴き声をあげる。

「レイ、ルイ、ロー、三人はどうだ？」

同じ枠の魔物ではあるので、何かわかるものがあるかもしれないと、一応呼んでいた三人に問い掛けるも、彼女らもまた揃ってフルフルと首を横に振る。

まあ、そうだろうなぁ。

「うーん、やっぱ意思って呼べるもの自体がほぼ存在していないんだろうなぁ。……ま、いいか。コイツらもまた、俺の配下としてしっかり使ってやるとしよう」

「クゥ？」

配下として扱うので？　と言いたげにこちらを見るリルに、俺は頷《うなず》く。

「おう、せっかくだしな。嫌いだからって排除すんのも、勿体《もったい》ないし。——よし、今日から俺はネクロマンサー・ユキだ！　我がアンデッド兵団よ、是非とも我らで、この世を闇《やみ》の世界に変えてやろうではないか！　フーハハハ！」

「ねくろまんさー？」

「おわ!?　な、何だ、レフィか。脅かすなよ」

いつの間にか近くに立っていたのは、レフィだった。

「暇じゃったからの、様子を見に来たんじゃが……気色悪い光景じゃのー。以前ばーべきゅーや釣りをした時に気配は感じておったから、いるのじゃろうとは思っておったが……こんな数がおったんじゃな」

「あぁ、全員集めてみて、俺もビックリしていたところだよ。ネルが見たら卒倒しそうだ」

「カカ、そう言えば彼奴《あやつ》、こういうものが苦手じゃったか。まあ、それもわかる光景ではあるがの。で、此奴《こやつ》らはどうするんじゃ？　燃やすのか？」

「何でも燃やそうとすな。ちょっと悩みはしたんだが、ちゃんと俺の配下として使ってやることにした」

「えぇ……？」

「おう、露骨に嫌そうな顔をしましたね、あなた」

わかりやすい感情を見せるレフィに、俺は思わず苦笑を溢《こぼ》す。

「じゃって、死霊じゃぞ？　そんなものを旦那《だんな》が飼っておって、平気な顔を出来る者の方がおかしいと儂《わし》は思うぞ」

「……そう言われると、ぐうの音も出ないが。けど、コイツらは一般的なアンデッドと違って、生前が存在する訳じゃないだろうからさ。ウチのレイス娘達と同じように、初めからそういう形でダンジョンに生み出されているんだと思うんだ」

そう言ってレイス娘達の方へと顔を向けると、何故《なぜ》か三女であるローがリルの右耳へと頭を突っ込んでおり、それを見た次女のルイが真似《まね》をして左耳に頭を突っ込み、一歩後ろで二人のお姉さんであるレイが腹を抱えて笑っていた。

「……クゥ」

困ったようにこちらを見るリルを見なかったことにし、俺はレフィへと向き直る。

「……だったら、まあいいかなと思ってよ。それに、俺もアンデッドは嫌いだが、従順に従っているコイツらを見てたら、何だかグロいからって排除するのは可哀想《かわいそう》に思えて来てさ。だから、このまま使役してやろうかと」

「……ここはお主が個人的に得た領域じゃから、深くは言わんでおくが。じゃが、童女らがいる時に死霊どもを見せるなよ。情操教育に悪い」

情操教育。

「お、おう、そうだな。気を付けるよ。……まさかお前から、情操教育って言葉が出て来ようとは」

「……フン、儂とて、今は何が最も優先すべきかはわかっておるわ」

ちょっと照れたようにそう言うレフィに、俺は何だか嬉しくなり、ニヤニヤと笑みを浮かべる。

「な、何じゃその顔は」

「いやぁ、別にー？　俺の嫁さんは最高だなぁと思いまして」

「そうじゃな。じゃから、お主のような阿呆《あほう》の嫁に、儂のような良い女がなったこと、もっと感謝するべきじゃな」

「ハハハ、感謝してるよ、心の底から」

素直に答えると、彼女はそっぽを向いたのだった。

耳まで、真っ赤《まっか》にして。

第一章　感染獣

「グルゥッ‼」

リルの雷魔法が発動する。

瞬間、視界の全《すべ》てを閃光《せんこう》が染め上げるが――。

「ハァ、ハァ……リルッ、避《よ》けろッ‼」

俺の言葉を聞くや否や、彼は自身の周囲を確認するよりも先に、固有《ユニーク》スキル『神速』を発動して
その場から大きく距離を取る。

刹那《せつな》、先程まで我がペットがいた場所に、黒いモヤモヤした何かが殺到し、一瞬にして半径三十
メートル程が腐り落ちた。

恐らく、ちょっと前に戦った不死王《ノーライフキング》の魔王。ヤツも使っていた『闇魔法』だろうが、魔法の作用
範囲が桁違《けたちが》い過ぎる。

直接攻撃を食らわなくとも、あの空間内にいたらアウトだろう。

そして、リルの雷魔法は……直撃したが、ダメージ無し、と。

「ったく、メチャクチャなヤツだな……ッ‼」

俺は、思わずそう悪態を吐《つ》いていた。

——俺達を追い掛けるのは、怪物という言葉がピッタリ来る見た目の魔物である。

数十個の眼玉《めだま》に、おかしなくらい大きく裂けた口のある頭部。

そしてその頭部から、鬣《たてがみ》や髭《ひげ》などの代わりに太い触手が何本も無造作に生えており、とても気持ち悪い。

魔物というか、もはやただのクリーチャーだ。

四足歩行の狼《おおかみ》や豹《ひょう》などを思わせる猛獣系統の肉体は、当たり前のように大きく、リルより一回りデカい程。

だが、我がペットとは圧倒的に違っているのが、その肉体に皮膚が存在しないことである。

皮膚が存在せず、筋繊維がそのまま露出して人体模型みたいな見た目になっており、すごくグロい。内臓とか普通に見えている。

皮膚って、身体《からだ》を守る重要な器官だと思うのだが、いったいどういう進化をしたらあんなことになるのだろうか。

SAN値直葬の、本当に見ているだけで気分が悪くなる敵だ。

クトゥルフの邪神の一体とか言われても、全然納得出来るぞ。

種族：パラサイト・リオン
クラス：感染獣
レベル：?10

久しぶりの、俺の分析《アナライズ》スキルですらその能力値を見通すことが出来ない圧倒的強者。

レベルも、百の位がわからない。三百か、四百か、それとも五百か。二百台は俺のスキルで見ることが出来るため、それ以上なのは確定だ。

どうやら、何かに侵食されてあんな風になっているらしい。

いつもならば、見た瞬間ダンジョン帰還装置を使って逃げるような敵なのだが……コイツを放っておくのは、かなり不味《まず》い。

コイツは、どういう訳か西エリアから出て、南エリアにまで侵入して来ている。

このまま放っておくと、さらに南下していき、一番近くにある人間の街、アルフィーロにまで行ってしまう可能性が高いのだ。

そうなれば、人間達にコイツを倒すことはまず不可能で、あの街は確実に崩壊。

ヤツを放置すれば更なる被害が生まれることは間違いないため、となると人間達は、討伐隊を結成して派遣するだろう。

そうして派遣されるのは――十中八九、ネルである。

コイツは、ネルが相手を出来るレベルを遥《はる》かに凌駕《りようが》している。

人間は、ぶっちゃけ、どうでもいい。

何人死のうが、数人いる知り合いの人間が死のうが、可哀想だとは思うが、それが理由で自分よりも圧倒的な強者へ挑もうとは到底思えない。

だが――ネルにまで被害が及ぶ危険性があるならば、話は別だ。

コイツは、絶対に見逃すことの出来ない敵となる。

――魔境の森の魔物は、俺が大雑把に分けている東西南北のエリアからは、ほぼ出ることがない。

それは、そのエリアごとの魔素の濃度が関係している。魔物は魔素が豊富な場所を好み、逆に魔素が薄い場所を嫌うのだ。

そして、魔境の森で魔素が最も豊富なエリアとは、西エリアである。

ここからは俺の想像なのだが、まず魔境の森の魔物達は、非常に濃い魔素に釣られて西エリアへと集結したのだと思われる。

だが、そこでの過酷な生存競争下で生き抜くことが難しい魔物が、生きるためにやむなく移動し、西エリアの次に魔素が濃い東エリアへと向かう。

そして、そこでも生きていくことが出来ない魔物が最後に、最も魔素が薄い南エリアへと向かう訳だ。

ちなみに北エリアだけは、レフィの元縄張りであるため、以前より魔物は増えているものの、強いヤツ程ここにはやって来ない。

多分、ダンジョンに引き籠《こも》っている彼女の力を、今も感じ取っているのだろう。

魔境の森の魔物達が、その強さによって明確に棲《す》み分けをしているのは、これが理由だと思っている。

レイラに聞いた話だが、世界に幾つかあるらしい『秘境』と呼ばれる魔素の濃い地域に住む魔物は、滅多にそこから出ないということだから、大体その予想で当たりだろう。

ヒト種の者達も、その習性を利用して魔素の薄い地域に人里を形成するそうだしな。

故に、西エリアに棲息《せいそく》するアホ程強い魔物は、わざわざ別エリアへと移動する理由がなく、基本的にその中でのみ生態系を作り上げているのだが……いるのだ。時々。

コイツのような、他エリアへと向かおうとするヤツが。

余程空腹なのか——もしくは、殺戮が楽しくなっちゃったのか。

理由が何にせよ、今の俺達にとっちゃ厄ダネ以外の何ものでもないがな。

さっさと元の住処《すみか》に戻って、西エリアの魔物ども相手に無双でもしててくれよ。

「オロチ、ヤタ、俺達の撤退ルート上の魔物を排除しろッ‼　ビャク、セイミ、こっちはいいからソイツらの援護をしてやれッ‼」

俺はダンジョンの『遠話』機能で、半ば怒鳴るようにしてペット達に指示を出す。

強くなったとは言え、リル以外のペットどもじゃ、まだこの気色悪いヤツの相手は無理だ。

まず間違いなく、一撃だけであの世行きは免れないだろう。

実際、コイツの一度の魔法で、西エリアの別の魔物が一瞬で絶命したのをこの目で見ている。

俺も、さっさと逃げ出したいんだがなぁ……本当にヤバくなったら、プライドは投げ捨て、ダンジョンまで逃げ帰ってレフィに協力を頼むつもりだ。

と言っても、すでに大分ヤバヤバで、一度あの腐食に飲み込まれかけて右足首から先が腐り落ち、慌てて上級ポーションで回復したりは、すでにしているのだが。

魔境の森での戦闘は、大体そんなもんだ。

敵の攻撃の全てが必殺の威力を有しており、如何にそれを回避してこちらの攻撃を当てるか。

なので、自然と相手の攻撃を回避する力、『視《み》る力』が伸びていく訳だが……。

――そう、今のところ俺は、まだ致命傷に至るような傷を一度も受けていない。

以前より俺も強くなったとはいえど、ステータスを確認出来ないようなヤツを相手に、だ。

そうだ。ここまでの戦闘でわかるが、コイツは俺達のことが、眼中にない。

鬱陶《うっとう》しそうに、纏《まと》わりつく蚊でも潰《つぶ》すかのように、アホ威力の魔法をばら撒《ま》きはしているが、積極的に殺しには来ていない。

おかげで攻撃が雑なため、攻撃モーションに入るのを察知することが出来、死ぬ気で逃げることで俺もリルも回避が間に合っている。

……コイツにとって俺達は、羽虫と同等、か。

ここでこうしてチマチマ嫌がらせをしていたところで、決定打がこちらにない以上、時間稼ぎにしかならないだろう。

――よし、一度引こう。

他の魔物ならばそうは行かないだろうが、コイツに関しては俺達が眼中にない。恐らく簡単に逃げられるはずだ。

「来い、『ガーゴイル』、『クラーケン』‼　ヤツに向かって、距離を取りつつ遠距離攻撃、当たらなくてもいいからとにかく嫌がらせして時間を稼げ‼　近付かれたら即行で逃げるんだ‼」

俺は足止めに適した土精霊と水精霊に魔力を渡し、精霊魔法で自動攻撃してくれる疑似生命体を数匹ずつ生み出す。

彼らは俺の言葉に従い、すぐに周囲へと散開。

次に俺は、クソ苦い上級マナポーションを飲み干して精霊達に渡した魔力を回復しながら、隣で戦っているリルへと指示を出す。

「リルッ、作戦変更だ‼　攻撃するな、俺達はいったん引くぞ‼」

「グルゥッ⁉」

コイツを放っておくのですか⁉　とでも言いたげな我がペットに、余裕のない俺は声を荒らげて答える。

「あぁ、考えがあるから従え‼　オロチ、ヤタ、悪いがさっきの指示は取り消し、道中の魔物は攻撃せずにシカトだ‼　オロチ、ビャク、セイミは俺が指示する場所に移動、ヤタは空からこの気持ち悪いヤツの動きを監視、何かあれば逐一報告しろ‼」

そして俺とリルは、感染獣を放置し、一番近くに設置してあるワープ出来る扉へと向かったのだった。

◇　◇　◇

撤退した俺達が急いでやって来たのは、魔境の森の南エリア、その一番端っこの人間の街までもう少し、という場所。

「ヤタッ‼　状況は⁉」

迎撃準備を急ピッチで進めながらそう問い掛けると、偵察を行っているヤタから『遠話』で返事が戻ってくる。

――変わらず、触手野郎は人間の街、つまりこちらに向かっていると。

俺が放った精霊魔法と、道中の哀れな魔物達が犠牲になることで、少しは時間を稼げているようだが、ヤタの見立てでは残り三十分もせずこちらに到達するそうだ。

これで、俺の策が不発になることはなくなった訳だが……ヤツがこっちに来ないなら来ないで、別に良かったのだ。

俺の目的は、ネルに無茶な討伐依頼が行かないようにすることなのだから。

……やはり、やるしかないか。

覚悟を決めていると、ふと俺の隣から、呑気《のんき》な声が聞こえてくる。

「ふむ、なるほどの。確かに強い魔物の気配があるな」

「……あの、レフィさん。いつの間にそこに？」

いつの間にか隣に立っていたのは、レフィ。

唖然《あぜん》としながら問い掛けると、彼女は飄々《ひょうひょう》とした様子で答える。

「いや何、お主の支配領域に、何か強い魔物の気配を感じたのでな。これは何かあったのやもしれんと、念のためにの」

……正直、非常に心強い。

今俺達がいる場所をヤツに突破されると、人間の街には一時間もせず到達されてしまうだろう。

なので、この策が失敗した時のことを考え、一応彼女にもいてもらおうかとちょうど思っていたところだったのだ。

「……レフィ、お前が来てくれたのは本当に嬉《うれ》しいんだが――」

「わかっておる。儂《わし》は手出しするな、じゃろう？　元よりそのつもりじゃ。……じゃが、お主の手に負えなくなったら、いつでも泣きつけ。大きい子供であるお主の保護者として、しかと行動の責任は取ってやるでの」

俺の言いたいことを完全に理解し、おどけるようにそう言うレフィ。

……いつもはどうしようもなくグータラなくせに、相変わらずこういう非常時には、すげー頼りになる相方だ。

「……あぁ、そん時は是非手を貸してもらうよ。けど、ま、今は見てろ。いつまでも俺が、強者を相手にする時、お前におんぶにだっこじゃないということを教えてやろう！」

「カカ、そうか。ならばお主がどのように成長したのか、見せてもらおうかの」

内心で感じていた焦りが、レフィと言葉を交わしているだけで、だんだんと落ち着き始める。

何でも出来るんじゃないかと、そんな気さえしてくる。

俺は、彼女が隣にいる心強さに、内心で感謝しながら迎撃準備を進め――それから、十分もしないくらいの時だった。

「ッ、来たか！」

森の奥からのそりと姿を現す、気持ち悪い触手野郎。

道中の魔物でも食らってきたのか、口から血を垂らし、クチャクチャと何かを咀嚼《そしゃく》している。

俺が放った精霊魔法の疑似生命体達は、すでに全員通常の精霊に戻ってしまったようで、姿がなくなっていた。

「行儀の悪いヤツめ。お前ら、あの触手野郎に食事時のマナーを叩《たた》き込《こ》んでやるぞッ‼」

俺の言葉に、我がペット達が気合の入った鳴き声をあげる。

ヤツは、俺達の姿を見ても何の反応も示さず、ただ己《おの》が道を行くと言わんばかりにこちらへと走ってくる。

……レフィがいるのに、怯《ひる》む様子すら見せない。彼女の圧力を、感じ取れるだけの強さを有しているだろうことは間違いないのに、だ。

やはりあの野郎は、どこか、おかしくなっているのだろう。いや、それはあの外見を見れば、一発でわかることとか。

「オラッ、そのままこっちに来いよ気色悪いバケモンが！　その触手とか身体《からだ》とか、見てるだけで怖気《おぞけ》が走るんだよ！　吐き気がするからホントにやめてくれ！」

「挑発というか、もはや懇願って感じじゃの」

レフィ達がいる場所より少し前に出ている俺は、ヤツを挑発しながら水龍の魔法を放ち、攻撃を開始。

触手野郎は、俺の魔法を避けようともせず真っ正面から水龍に食われ、だが欠片《かけら》もダメージを受けた様子はなく、条件反射のように俺に向かって闇魔法で反撃。

まるでガトリングかのような、濃密な魔法の弾幕。

ヤツのアレを下手《へた》に食らったら、そのままお陀仏《だぶつ》することが確定しているので、俺は空中へと飛んで死ぬ気で逃げながら、その意識を散らすべく水龍を放ち続ける。

触手野郎は、釣られてこちらを見上げ——瞬間、俺は、ダンジョンの罠《わな》を起動した。

同時、ヤツの立っていた地面が消失。

そこに出現したのは、バックリと口を開けた、半径五十メートル程の落とし穴である。

物理法則に従い、触手野郎は落下を開始。

「やれッ‼」

我がペット達は俺が合図をするや否や動き出し、準備した土砂を穴へと流し込み始める。

オロチとセイミは毒が使えるので、ヤツに効くのかどうかはわからないが、土砂に全力で毒を混ぜ込んでいる。

飛んでいる俺もまた、穴の真上から、アイテムボックスに限界まで詰め込んだ土砂をドバドバと、さながら滝の如《ごと》く流し込んでいく。

一緒に、予《あらかじ》め生み出しておいた数匹の土龍《どりゅう》もその穴の中に向かわせ、大盤振る舞いだ。

——俺が考えた迎撃作戦、その名も『おいでませ、地底世界〜テメェなんか怖かねぇ！　野郎ぶっ殺ッシャアアア〜』作戦。今テキトーに考えた。

内容は、地下一キロ程の落とし穴を掘って触手野郎をそこに落とし、上から土砂やら何やらを流し込んで、埋めるという簡単なものである。

俺達の攻撃では、触手野郎には全くダメージが入らないことは、これまでの戦闘でよくわかっている。

故にヤツを倒すには、俺達以外の攻撃手段が必要になってくる訳だが……そうして触手野郎を観察していた時、皮膚が全く存在せず内臓がほぼ見えていたため、肺が動いているのが確認出来た。

つまり、異形の怪物であっても、呼吸をしていたのだ。

ならばと俺が狙《ねら》ったのは——窒息。

呼吸をする生物である以上、息が出来なくなったら死ぬだろうと、そう考えたのだ。

迎撃準備でしていたのは、ほぼこの穴掘りである。

ダンジョンの落とし穴を何重にも何重にもここに設置し、加えて自分達でも掘っていたのだが、出来るだけ深く掘りたかったため完成はほぼギリギリだった。

これで間に合わなかったらお笑い種《ぐさ》だったな。いや、全然笑えないけど。

「フーハハハ、落ちろアホめ——あ、落ちろカトンボ！」

「何故《なぜ》わざわざ言い直したんじゃ」

俺達全員でどんどんと土を流し込んでいくことによって、数十秒程で大穴は埋まり切り——。

「『硬化』！」

さらにそこに、ヤツが地底世界から出て来られないよう、ダンジョンを保護する機能の一つである『硬化』を、大量のＤ　Ｐ《ダンジョンポイント》を支払って半径一キロ程に使用する。

これで、俺のやれることは全部やった。

ここまでやってダメだったら……諦《あきら》めて、大人しくレフィに助けを求めるとしよう。

と、その時、地面の下でボンと何かが爆発するような音。

その次に、ガガガ、と連続で地面が削れるような振動がここまで伝わってくる。

触手野郎が、土の下で暴れているのだろう。

緊張しながら、どんな状況になろうとも対応出来るよう身構え続け――やがて、何の音もしなくなる。

所持ＤＰの値を確認してみると、つい今しがた使ったことでかなり減っていた額が、べらぼうに増えていた。

ヤツは無事、土の肥やしとなったようだ。

「ふぅぅ……何とかなったか。アイツが翼持ちじゃなくて助かったな」

安堵《あんど》から、詰めていた息を大きく吐き出す。

魔境の森の魔物だし、何かしら対処して這《は》い上がってくる可能性も考えていたのだが……そのまま死んでくれたか。

やっぱり、ダンジョンの力は強いな……俺が魔王じゃなく、普通の戦士とかだったら、ヤツには勝てなかっただろう。

ありがとう、ダンジョン。ありがとう、魔王の身体。

「ほー、やるのう。てっきり、儂に泣きついてくる結果になるかと思うたのに」

「フフフ、見たかレフィよ。ダンジョンの力があれば、あんな獣、俺の敵ではないのだよ。もうお前の力を借りる日は来ないかもしれんなぁ」

「そうか、では次からはお主を信じて、何が出て来ても儂はのほほんと菓子でも食っていようかの」

「いや、すいません嘘《うそ》です。やっぱりお前の力を借りたい日も来るかもしれないので、どうしようもなくなったらご助力の程、お願いします」

「素直なのはいいことじゃと思うが、お主は折れるまでが早いのう……」

呆《あき》れたように笑い……と、レフィは突然、チラリと上空を見やる。

「？　どうした？」

「……此奴《こやつ》の方は問題ないか。いや何でもない。それでは、儂は城に戻るとしよう。お主はどうする？」

「俺は後片付けしてから帰るよ。夕飯前には帰るつもりだけど、もしかすると遅くなるかもしれないから、俺が時間までに戻って来なかったら先にみんなで食っててくれ」

「うむ、わかった。伝えておこう」

そう返事をして彼女は、飛んで我が家の方へと帰って行った。

「よし、そんじゃあもうひと頑張りするかな。お前ら、もうちょっとだけ手伝ってくれよ。あの触手野郎が荒らしたところを、どうにかしないと」

俺の言葉に、我がペット達がそれぞれ返事をし――その時、ヤタが俺に、上空からこちらに近付く影が一つあると、報告を送ってくる。

すぐにマップを開いて確認してみると……む、確かに反応がある。

触手野郎の位置を確認するため、開きっぱなしにしておいたのだが、そのせいで気付けなかったのだろう。

また侵入者かと思ったのだが、マップに映る赤点は、すでに俺の索敵スキルの効果範囲内にいるのに、そちらには反応がない。

索敵スキルは対象の敵意を感知して反応するスキルであるため、これが動いていないということは、つまり相手がこちらに対して敵対意思を持っていないということだ。

そして、マップで見ると、コイツは……。

少しその場で待っていると、やがて肉眼で確認出来るところまで、影が降りてくる。

『あの獣を狩るか……流石《さすが》だな、覇龍の婿殿よ』

——それは、一体の龍。

この龍族は、見覚えがある。

「ボルダガエン、だったな。何だ、見てたのか」

『うむ。元々、我らの住処《すみか》の近くにあの獣が湧《わ》いてな。こちらまで来るようならば倒さねばならんと思って注視していたところ、婿殿達が討伐に動いているのが見え、少し見物させてもらった』

彼は、魔境の森に住む龍の一体で、お隣さんだ。

……お隣さんと言っても、彼らが住んでいるのは我が家の一つ山向こうではあるのだが。

大分前に、イルーナを救いに人間の街に行く際、手を貸してくれたというか、レフィに無理やり従わせられていた、その一族の龍である。

確か、ボルダガエンは魔境の森の龍達のまとめ役みたいな存在だったはずだ。

さっきまでは……レフィを怖がって声を掛けてこなかったんだろうな。

彼ら、ウチの嫁さんのことを畏怖《いふ》しているようなので、出来る限り関わり合いになりたくないと思っているのだろう。

扱いがほとんど暴君に対するそれである。

この龍は比較的普通に会話をしてくれるのだが、それ以外の龍達はレフィの夫である俺のことも避けるしなぁ。

「さっきの魔物、あれは何だったのかわかるか？　何かに寄生されていたっぽかったんだが……」

『その通りだな。あの異形の魔物は、寄生虫に侵された姿だ』

――ボルダガエン曰《いわ》く、ヤツは寄生虫に完全に支配された魔物であるらしい。

生態としては、まず死肉に入り込み、それを食らった他の生物に寄生し、じわじわと時間を掛けて体内を侵食していく。

やがて宿主の身体《からだ》を支配し尽くすと、さらなる繁殖をするための糧を得るべくその身体を操って暴れ出し、それを十分に得たところで宿主を殺すのだそうだ。

そして、その宿主の身体を新たな苗床とし、別の生物が食らいに来るのを待つのだと。

繁殖力自体はそんなに高くないそうなので、パンデミックの危険性はないそうだが……その寄生虫、どうもヒト種にも寄生することがあるようだ。

今度から魔物肉を食べる時は、今まで以上にしっかり確認して調理しないとな……。

「聞いているだけで怖気が走る生態だな……もう一つ聞きたいんだが、ヤツがどうも人間の街を目指していたらしい理由はわかるか？」

『あの寄生虫に侵されると、その生物は偏食になるという特徴がある。どうも少し前、森に人間が入り込んでおったようなのだが、それをあの魔物が食らったらしくてな。その味を覚えていたのだろう』

「人間が……？　よくそんな奥地まで人間が入り込めたもんだな」

つまり、その人間達は魔境の森の西エリアに入り込んでいたということだ。

魔物が弱い南エリアならばともかく、西エリアはそう簡単に侵入出来るような場所ではない。

いや、というか実際、調子に乗って入り込んで、食われたのか。

『魔物除《よ》けの道具を用いて、何やら調べごとをしていたようだ。道具を過信して、色々とおかしくなっていた奴にそのまま壊滅させられたのだろう』

調べごと、か。

何をしていたのか興味はあるが……結局ソイツらは魔物のエサとなり、んでソイツらのせいで俺は今日、これだけ苦労するハメになった訳だ。

甚だ迷惑な話である。

『あの寄生虫に支配された魔物は、相当にしぶとい。我らでも、倒そうと思えば苦労する相手。それをこの短時間で、しかも無傷で倒すとは、流石ヒト種の身で龍王《りゅうおう》の座に就いているだけはある』

「就いていると言っても、ただの成り行きなんだけどな。あー……俺、アンタより弱いけど、龍王の座を賭《か》けて勝負とか勘弁してくれよ」

『そんなことはせぬわ。我らは理性なき獣とは違う。確かに歴代の龍王は圧倒的な強者《つわもの》が就くことが多かったが、婿殿のような異質な存在が龍王となったからと言って、それを毎度毎度排除していては秩序が乱れる。年若い龍ならば憤る者もいるかもしれないが、我らをそんな未熟者と一緒にされては困る』

すごく真っ当な正論で、窘《たしな》めるようにそう言うボルダガエン。

「……そうか、すまん、失礼なことを言ったな」

『いや、良い。ただ、婿殿は知っておくべきだ。龍の身ではない婿殿には言葉としてしかわからぬだろうが……龍王に対し、我らは基本的に逆らえんのだ』

「逆らえない……？」

確かに、龍王の称号の説明には『龍族に対し、カリスマ補整大』の効果があると書いてある。

これが、俺の想像以上の効果を持っているってことか……？

『龍王に対し、反抗出来る者はごく一部。その特別な者達を除いては、我らは龍王には従うのみ。それだけその称号は、龍にとって重要なものなのだ。……元より、龍王が無法でもなさぬ限りは、我らとしても別に絡む理由もないしな』

じゃあ、いつかのクソ龍は、龍の中でもごく一部に分類される特別な存在だったと？

確かに、反骨精神の塊みたいなヤツではあったが……。

あと、レフィも当たり前のようにその特別な存在に含まれるんだろうな。

「何と言うか……思っていたより、穏やかな気性の種族なんだな、龍族って。ウチの嫁さんとか、少し前にこっちに来た元龍王の黒龍とかしか見たことなかったから、もっと荒々しい種族なのかと」

『それは例外だ』

苦笑するような声音で、彼は言葉を続ける。

『我らは、種族として強者だ。故に、戦いには然《さ》して興味が湧かぬ。大概の相手に勝てるからだ。それよりは、日がな太陽に当たってジッとしていた方が気分も良い。彼《か》の覇龍ではないが、時折甘い蜜《みつ》や、美味《うま》い肉でも食えれば、それで最高だ』

……レフィがグータラなのって、種族特性だったのか。

圧倒的な強者だからこそ、戦っても面白くないので、それよりはのんびりしていた方がいいと。

随分と……理性的な種族であるようだ。

怠惰と言ってしまったらそれまでだが、俺が想像していたよりずっと大人しく、普通だ。

もしかしたら、この魔境の森に住まう龍族のみが、特別そういった気質の者達なのかもしれないが……。

「……というか、アレだな。アンタらにとっても、龍王の称号ってのは効果を及ぼすものなんだな。龍の里の龍達とは、別の一族なんだろ？」

『うむ、その通りではあるが、元を辿《たど》ればそう遠くない先祖に同じ血筋の者が現れるくらいには、近しい。それに、龍の里はこの世で最も大きい龍達の住処。故に、あの場所を治める龍王には皆《みな》敬意を払うのだ』

なるほど、龍族のコミュニティとして最大のものが龍の里なのか。

首都、とはちょっと違うかもしれないが、龍族にとって大事な土地であることは間違いないのだろう。

で——そこの王様は、今俺であると。

……一度くらい行ってみた方がいいか、とは前々から思っていたものの、レフィが嫌そうな顔をするので、今まで先送りにしていたのだが。

「……龍の里、やっぱり一度、挨拶《あいさつ》しに行かないとな」

◇　◇　◇

「嫌じゃ」

「レフィさん——」

「嫌じゃ」

「あの、レフィさん、せめて最後まで言わせてくれませんかね。まだ私、『龍の里に——』までしか言ってないんですけど」

「そこまで言うたのならば、残りはわかるわ。龍の里に行くから付いて来い、じゃろう。嫌じゃ、儂《わし》は行かんぞ」

非常に頑《かたく》ななレフィに、俺は思わず苦笑を溢《こぼ》す。

コイツが龍の里に拒否感を持っているのは知っていたが、すんげー拒否っぷりである。

「……さてはお主、先程上からこちらを見ておったボルダガエンに、何か吹き込まれおったな？」

「吹き込まれたっつーか、龍王が何なのかについては教えてもらったが……」

「クッ……彼奴《あやつ》、余計なことを。後で鱗《うろこ》が全《すべ》て剥《は》げるまでしばき倒してやる」

「や、やめてやれよ。彼、唯一俺とも話してくれる、いいお隣さんなんだからさ……」

流石にボルダガエンのことが可哀想《かわいそう》になってそう言うが、しかしレフィは怪訝《けげん》そうな表情で俺の言葉に答える。

「？　何を言うておる。あの男も、十分やんちゃじゃったんじゃぞ。いつかの黒龍程愚かとは言わぬが、魔境の森へとやって来た儂に、周囲の反対を押し切って『龍の意地を見せる』などと喧嘩《けんか》を売ってきたのは彼奴じゃ」

あ、そ、そうなの。

昔はやんちゃだったの、彼。

……あれか？　龍族にも中二病的な時期があるのか？

もしかして、レフィから逃げるのって、昔の黒歴史を思い出すのが嫌だから、という面もあるのかもしれない。

「け、けど、昔はそんなんだったのかもしれないけど、今は普通の龍なんだからさ……そ、それにほら、俺、お前の知り合いの龍に『コイツ俺の嫁さんなんだぜ！』って自慢したいし」

「む……」

ピクリとレフィの尻尾《しっぽ》が動く。

「お前が龍の里を嫌がったのって、他の龍が鬱陶《うっとう》しかったからだろ？　けど、今は俺が龍王で、んでその嫁がお前なら、誰《だれ》もお前に龍王になれなんて言わないんじゃないか？　だって、こう、権力的には実質お前も龍王みたいなもんなんだし」

「むむ……」

少し考えれば暴論だとわかるのだが、俺がさも当たり前のことを言っている風に説得するため、「あれ、そうなのかもしれない……」といった感じの顔をするレフィ。

「お前だって、見たくないか？　お前のかつての知り合い連中がさ、ビックリする顔。お前に男が出来たと知ったら、きっとすげー驚くぞ」

「……見たい」

よし。

「な、頼むぜ。一回行くだけでいいからさ。俺、龍の里の位置を知らんからお前がいないと行けないし、それに仮に『魔王が龍王とは生意気だ！』とか喧嘩を売られたら、お前に守ってほしいし。ダンジョン領域じゃない場所でどれだけ戦えるかわからないからさ。お前だけが頼りなんだって」

成熟した龍なら何もしてこないだろうが、年若い龍なら憤るかもしれないって、ボルダガエンも言っていたしな。

と、レフィは『お前だけが頼りなんだって』のところでわかりやすく鼻の下を伸ばし、そして胸を張って言った。

「……しっかたがないのぉ！　ま、いいじゃろう。お主がそこまで言うのであれば、共に向かってやろうかの。全く、お主は儂がおらぬと駄目じゃなあ！」

調子に乗り始めたレフィに若干イラッとするが、ここで機嫌を損ねてしまうと「やっぱり行かぬ」なんて言い出しかねないので、にこやかな笑顔で黙っておく。

「やれやれ、出来る女は辛《つら》いのう。ほれ、もう一回言ってみろ、儂だけが頼りじゃと」

「……レフィさんだけが頼りです」

「心がこもっておらぬなぁ！　もっと儂がやる気を出せるように言うことじゃ。でないと、心変わりしてしまうかもしれんぞ？」

…………。

「……レ、レフィさんだけが頼りっす！　レフィさんマジパネェ！　最強！　レフィさん、どうか一緒に行ってほしいっす！」

「そこまで言われると何だか気色悪いの」

「テメェこのっ、下手《したて》に出れば調子に乗りやがって‼　何が頼りになるだ、どうせ道案内するだけだろうがポンコツめ‼」

「なっ、ポンコツじゃと⁉　そ、そんなことを言うて、儂が龍の里に行かなくともよいのか⁉」

「うるせぇ‼　だからと言って、俺が好き勝手言われたままでいると思ったら大間違いだ、アホウめ‼」

「あー‼　そういうこと言うんじゃな‼　もう行かないー‼　儂もう龍の里行かないからのー‼」

「何歳だおのれは‼　ガキみてぇなこと言ってんじゃねぇぞ‼」

そうレフィと言い合っていると、ポツリとリューが呟《つぶや》く。

「……あの二人、言い合っているのを見てると、そうなることが多いですよね」

「似た者同士ですと、言い合いのレベルが時たますごく幼いっすよね」

「おにいちゃんとおねえちゃんが仲良くしているのを見てると、何だかにこにこしちゃうね！」

「そうっすねぇ、見てるともう、和んじゃうっすねぇ」

「そこ！　見世物じゃないんじゃぞ！」

「そうだそうだ！　勝手に和んでるんじゃないぞ！」

「うわ、こっち見たっす。二人とも、逃げるっすよ！」

リューとレイラとイルーナは、笑いながら逃げて行った。

第二章　龍の里へ

「じゃ、行ってくるから。二人共使い方はわかってると思うけど、何かあったらすぐにソイツで連絡しろよ？」

「わかったっす、何かあったらこの魔道具を使うっすよ！」

「私達では対処出来ないことが生じたら、ご連絡させていただきますねー」

通信玉・改を手に持ち、コクリと頷《うなず》くリューに、同じくお任せをといった感じで頷くレイラ。

改の方は魔力が相当食われ、リュー達が使うと一分で魔力が切れてしまうだろうが、救難信号を送る分にはそれだけで十分だろう。

ちなみに、上級ポーションや上級魔力ポーション、その他便利アイテムの数々も十分な量を真・玉座の間に置いてある。

俺が遠出することも増えたので、彼女らもあれらの使い方はもう、よくわかっているだろう。

「リル、ダンジョンの守りは任せたぞ。今回はレフィもいないから、魔境の森の方で異変があったら、すぐさまウチのヤツらに伝えてやってくれ」

「クゥ」

ウチのペット達の中で、リルだけはダンジョンを簡易的に操作する権限を持っている。

コイツ、相当賢いのので、その使い方も普通に理解しているのだ。むしろIQ的には、俺らより賢い説すらあるだろう。

あと、全然関係ないんだが、リルに使い方を説明していた際に、肉球でチョイチョイと画面を弄《いじ》っている絵面は、正直すっごい和んだ。

最終的に、鼻先で突《つつ》いて操作するのが一番やりやすかったようだ。

「童女どもよ、おやつは食べ過ぎてはいかんぞ。菓子は確かにとてつもなく美味《うま》いが、レイラの晩飯も美味いでな。そっちが食えなくなってしまう」

「はーい！」

「ハーい！」

揃《そろ》って返事をする、イルーナとシィ。

エンは返事をしていないが、彼女はいつもと同じく旅に付いて来てもらうつもりだ。

それにしても、レフィが親みたいなことを言っているのを見ると、やはり感慨深いものがある。

そんな風には全くこれっぽっちも感じないが、コイツ一応年長者だしな。千年分くらい。

……それならそれで、もうちょっと年長者らしく振る舞ってほしいのだが。

「そんじゃあ、行ってくる！」

大太刀状態のエンを担いだ俺は、レフィと共にダンジョンを後にした。

◇　◇　◇

「で、我が嫁さんよ。龍の里はどれくらい遠いんだ？」

背中に出現させた二対の翼を羽ばたかせながら、レフィに問い掛ける。

「んー、そこそこ遠いの。四日近くは飛び続けることになると思うぞ」

「四日か……そりゃ結構あるな」

一か月分の食料や衣服は用意してあるので、その辺りの問題は全くないのだが、四日飛び続けるとなると流石に疲れそうだ。

「あそこは、大陸の果てにあるからのう。儂らは飛べるから良いが、翼を持たぬ者が辿り着くには相当辛《つら》い位置にある。儂らの住んでいた魔境の森も秘境と呼ばれておるが、龍の里も秘境と呼ばれる場所の一つでな」

「へぇ……やっぱり魔物も強いのか？」

「うむ、強いの。あそこも魔素が豊富故、自然とそこに住まう生物も強くなる」

「魔境の森と同じ環境ってことか……龍の里の中とかは、どうなってんだ？　一応龍達にとっての街みたいなものなんだろ？」

「何もない、何も面白くない退屈な場所じゃ」

フンと鼻を鳴らすレフィ。

その彼女の様子に、俺は少し疑問を感じ、問い掛ける。

「……お前がその場所を嫌ってるのは知ってるが、結局、何がそんなに嫌なんだ？」

レフィは、しばし押し黙ってから、ポツリと答えた。

「……あの場所はの、全《すべ》てが停滞しておるんじゃ」

「停滞……？」

俺の呟きに、我が嫁さんはコクリと頷く。

「龍族には、変化がほとんど存在しない。何もせず、何も起きず、ヒト種のような時の長さによる変化もなく、全てが停滞しておる。儂はそれが嫌で、龍王《りゅうおう》になれと言われることも鬱陶しくて、あそこを飛び出した訳じゃが……結局儂も、龍族であったということじゃな。飛び出したところで里におった頃《ころ》と何も変わらず、お主と出会うまでは、全てが色褪《いろあ》せた退屈な日々じゃった」

「……文化が存在しない、ってことか？」

「文化……その通りじゃな。儂ら龍族には、ヒト種のような文化が存在しない。そもそもとして、何かを作るということに適した身体《からだ》を持っていないのじゃ。ただただ強いだけで、何も生み出すことが出来ず、破壊しか齎《もたら》さぬ種族。世界にとって、害悪以外の何物でもない」

吐き捨てるように、嫌悪するように、レフィはそう言った。

……そうか。

レフィは、龍族という種族の在り方自体が嫌いなのか。

俺は何も言うことが出来ず、しかし何かを言うべきだと、ただアホみたいに口をパクパクさせていると、彼女はその俺の内心を見透かしたのか、少しだけ口調を軽いものに変えて言葉を続ける。

「とにかく、龍の里はそんな場所じゃ。特に里の上役である古龍の爺《じじい》どもが、とびきり何もしようとせぬからの。儂《わし》も、のんびりするのが嫌いという訳ではないんじゃが、流石に百年も二百年も何もせず、同じ場所でじっとするなどという苦行には耐えられん」

「……そりゃあ、随分とスケールの大きいのんびりだな」

百年じっとしたままとか、俺だったらまず間違いなくおかしくなるだろう。

……そういやボルダガエンも、のんびりしているのが好きだと言っていたな。

それを聞いて、龍族は思っていたより穏やかな、普通の種族なんだな、なんてことを思ったが……長命種だけあって、俺の考えていたスケールより圧倒的にヤバかったようだ。

「何千年と生きる種族であるからの。一年や二年など、ヒト種にとっての一日や二日と同じような感覚なのじゃ。ま、儂自身、お主と共に生きるまで、日々というものがこんなにも長いものだとは知らなかったが」

「……それに関しちゃ、俺もお前と一緒さ。お前と、お前らと会うまでは、これだけ毎日が長いんだってことは、知らなかった。ただ惰性で、時間が進むままに生きるだけだった」

「お主の、前世での話じゃったな。……カカ、本当に面白いものじゃの。この世とは、摩訶不思議《まかふしぎ》に溢《あふ》れておる」

「全くだ。俺としては、お前の無限の胃袋も世界七不思議の一つに数えたいところだな」

「それならば、何故《なぜ》お主には童女が寄りつくのかの謎も数えねばならんな」

俺達は顔を見合わせ、二人揃って笑う。

それから少しの間、心地《ここち》の良い沈黙が流れた後、俺は再度口を開いた。

「――な、レフィ。少し、話は戻るんだけどさ」

「む？」

こちらを向くレフィに、俺は、少し考えてから言葉を続ける。

「その……お前は、自分の龍族という種族が、嫌いなのかもしれない」

お前が、時折自身の力を、忌々しく思っていたことは知っている。

お前が、「お主を守ってやる」と不敵に笑って言っていても、そんなことしか自分には出来ないと、裏側でそう思っていることも知っている。

「けどさ。お前が龍族で、それで世界最強の龍であったおかげで、俺はお前に会えたんだ。お前が最強で、魔境の森に住んでいたからこそ、だ。今のお前を構成する、それらのどの要素が欠けていても、お前と会うことは出来なかった。だから……あー、俺は、お前がお前のままで良かったって、心の底から思ってる。お前が龍族で、良かったってさ」

何だかあまり上手《うま》く言葉にならなかったが……しかしレフィは、目を丸くして俺の顔をしばし見詰めた後、クスリと笑った。

「そうか……お主がそう言うのであれば、儂もあまり自らの種族を悪《あ》し様《ざま》に言うことは出来んな。儂もまた、龍族という身のおかげでお主と出会えたことを、感謝することにしよう」

柔らかな微笑《ほほえ》みを浮かべ、それから彼女は、気を取り直した様子で言葉を続けた。

「さ、気合を入れて飛ぶぞ。里までは、まだ十分の一も飛んでおらん」

「了解、先は長いな。精々楽しんで飛ぶことにしよう」

◇　◇　◇

「翼に、一人は角と尻尾《しっぽ》持ち……‼　貴様ら、魔族だな！　これより先は我らの領土、侵入するならば撃墜する！」

「おぉ……騎龍兵」

前世では竜騎兵なんて兵科があり、あっちは火器を持って馬に乗った兵士のことだったが、こちらの世界の騎龍兵とは、そのまんま龍に乗って空を飛ぶヤツらである。

と言っても、当然ながら騎乗しているのは龍族ではなく、亜龍と呼ばれるワイバーンだ。言語も喋《しゃべ》れない。

正直、普通にカッコいい。

兵装を見ると……俺が何度も行ったことのあるアーリシア王国の兵士じゃなさそうだな。鎧《よろい》の意匠が全く別物である。

三キロ程先に砦《とりで》が見えるので、恐らくあそこから飛び出して来たのだろう。

騎乗している兵士は敵意満々で武器をこちらに向けているが。ただどうもワイバーンの方は、かなりレフィに怯《おび》えているようだ。

騎乗者の指示で無理やり飛んでいるようなのだが、見るからに怯えて縮こまっており、乗っている兵士が必死に宥《なだ》めている様子が窺《うかが》える。

うーん……どうしよう。

「レフィ、龍の里の方向は？」

「此奴《こやつ》が言う領土の向こう側じゃの」

じゃあつまり、ここを突破しなければならない訳だが……職務中の兵士相手に乱暴なことをするのも憚《はばか》られるしなぁ。

しかも、魔族相手だから問答無用に攻撃、とかではなく、ちゃんと一度警告してくる辺りまともな仕事をしているようなので、尚更《なおさら》あまり危害を加えたくない。

どうしたものか、と思っていると、レフィがスッと視線を鋭くさせ、冷たい眼差《まなざ》しを騎龍兵の方へと向ける。

「おい、貴様。誰《だれ》の飛行を邪魔しておるのか、わかっておるのか？」

「なっ、小娘が調子にうおぉっ⁉　ダ、ダンダイ、どうしたっ⁉」

瞬間、俺達と並んで飛んでいたワイバーンの動きが止まり、兵士が慌てて言うことを聞かせようと手綱《たづな》を引っ張り始める。

レフィが語り掛けたのは、兵士ではない。

その下の、ワイバーンである。

圧倒的な格上から睨《にら》まれたワイバーンは、自身に乗る兵士よりもレフィの指示の方が優先度が上

であると判断したのか、話し掛けられた瞬間ビクッと身体を跳ねさせ、「ど、どうぞお通りくださ い……」といった感じで固まっている。

レフィの言葉を理解した訳ではないだろうが、その怒りが自身へと向いていることを理解したのだろう。

見ていてちょっと、可哀想《かわいそう》である。強く生きろ。

「よし、今の内じゃ。行くぞユキ」

「お、おう。……お前がいてくれて、ホント助かるよ」

「こ、こら、ダンダイちゃんと飛べ‼　ま、待てお前達っ‼」

兵士の必死の制止を振り切り、俺達はそのまま真っすぐ飛んで行った。

◇　◇　◇

「ここにおられましたか！　隊長、緊急出動の要請がグランダ砦から入っています！　正体不明の魔族が空から二人侵入、騎龍兵部隊が対処に動くも、何やら怪しげな魔法を使われワイバーンが言うことを聞かなくなっていると」

「あぁ？　俺、今日は非番だってのに……」

隊長と呼ばれた男——ゼリムは、あからさまに嫌そうな表情を浮かべ、店で食べていた昼食の手を止める。

「申し訳ありません。しかし、相手が何をしているのか全くわからず、このままでは首都の方まで侵入を許す可能性があるため、隊長にその者達の正体だけでも確かめてほしいと」

「……撃墜された奴はいるのか？」

「いいえ、魔族達自体は、ワイバーンの動きを止めるだけで特に攻撃はしていないそうで、損害はゼロらしいです。ただ、その飛行スピードも恐ろしく速く、付いて行くのがやっとであるらしく」

「ふーん……となると、示威行動か何かのつもりか？　まあいい、了解、すぐに向かう。ウチの隊の連中に準備させておけ」

「すでに隊の者は、全員集結しております」

言外に「早く準備しろ」という態度を示す部下に、わざとなのか、それとも気付いていないのか、ゼリムは飄々《ひょうひょう》と言葉を返す。

「あ、そうなの。優秀な奴らで嬉《うれ》しいねぇ。――おばちゃん、会計お願い！」


「――お前が片っ端から威圧するから、すんごい大ごとになっちゃったじゃねぇか！　ど、どうすんだよこれ！」

「フン、何も解決策の思い付かなかったお主より、まだ前に進めている分マシじゃろう！　それに、どうもこうも、このまま突っ切ってしまえばいいじゃろうが」

「い、いや、けどこれ、完全に囲まれちまってるんだけど！　三個分隊くらいはいそうな感じなんだけど！」

ゼリムが現場に辿《たど》り着《つ》いた時、その男女の二人組は、何やら言い合いをしていた。

「おいおい……」

「グランダ砦の奴らは何をしてんだか……って、隊長？」

まるで痴話喧嘩《ちわげんか》のようなその光景に、彼の部隊の者達は思わず脱力し――だが、ゼリムだけは、戦慄《せんりつ》に全身を強張《こわば》らせていた。

――あれは、いったい何だ。

二人の内、少女の方。

見た目は、ただの可憐《かれん》な少女だ。

だが、それは、彼女を表すのに相応《ふさわ》しい言葉ではないだろう。

少女の身から感じられる、圧倒的な、強大な圧力。

自身の心臓が、直接鷲掴《わしづか》みにされたかのような、恐ろしい威圧感。

相手に、何かをされた？

いいや、違う。相手は何もしていない。

ただその格の違いに、この身体《からだ》が震えているのだ。

ワイバーン達が動けなくなったのも、これが理由か。

人間と比べ、魔物などの方が、本能的にその強さの差を感じ取ることが出来るというのは有名な話だ。

実際、自身の乗っている騎龍も、激しく怯えているのがわかる。

隊長であるこの身には、亜龍種の中では最上位に属する、『ユラン』という騎龍が与えられている。

そこらの魔物や、ただの魔族が相手ならば、簡単に蹴散《けち》らすことが出来るだけの力を有しているのだが……この相棒は理解しているのだろう。

自らの方が、圧倒的に格下であるということを。

また、その圧力は、男の方からも感じることが出来る。

少女程ではないが……しかし、その少女と肩を並べて歩くことが出来ているのだ。

恐らく、その気になればあの男単体でも、ここにいる者達全員を蹴散らすことが可能だろう。

仲間達が、あの二人の圧力を感じられていないのが信じられないくらいだ。

……いや、多少は感じてはいるのかもしれないが、相手が魔族だからと、それを当たり前だと思っているのか。

魔族は、人間よりも強い。恐らくその先入観があるせいで、二人の男女の異常さに気付けていないのだ。

ゼリムは、恐怖からゴクリと生唾《なまつば》を飲み込みながらも、彼が隊長にまで任命された最大の理由、『分析《アナライズ》』スキルを義務感から発動し——あぁ。

見えた少女の正体に、妙な納得すら感じながら、彼はすぐに指示を開始する。

「全員、下がれ。絶対に手出しをするな。絶対に、だ。ここは俺が相手をする」

普段とは違う彼の切羽詰まった様子に、部下達は少々面食らった様子を見せながらも指示通り下がり、最初に包囲していた兵士達もまた、彼がその場の中で最も位の高い兵士であったため、同じように包囲を解く。

味方の全員が大人しく指示に従ってくれたことに、ゼリムは若干の安堵《あんど》を覚えながら、次にこちらのことなど完全に眼中にない様子で言い合いを続けている二人へと騎龍を駆り、近付く。

「全く、お主は一々細かいんじゃ！　姑《しゅうとめ》か！」

「あーら、失礼しちゃうわね！　ワタクシ、あなたのためを思って言っているのよ！　細かいという言葉は、自らを省みてから言った方がいいのではないかしら！」

「その気持ち悪い口調をやめよ！　鳥肌が立つわ！」

「あの……お二人方、よろしいでしょうか？　こちらはエルレーン協商連合、北方方面軍所属のゼリム大尉と申します。本日はどのような理由で、こちらにいらしたのかお聞きしても？」

ゼリムの言葉に、そこでようやく周囲の状況を思い出したのか、ハッと我に返った様子で言い合いをやめる二人。

やり取りを見られていたのが恥ずかしかったのか、男の方がゴホンと一度咳払《せきばら》いしてから、口を開いた。

「別に、大した理由がある訳じゃない。あー……そうだな、里帰りみたいなもんだな。俺じゃないが。こっちの地方が、たまたま通り道だったんだ」

「里帰り……」

男の言葉から察するに、つまり里帰りをするのは、少女――『覇龍』の方。

龍族の里帰り……この国を抜けた先の、さらに先には、確か『龍の里』と呼ばれる秘境の地があったはずだ。

なるほど、彼らは今、そこに向かっているのか。

男の方は、少女の方と違って阻害しているのか、分析スキルが通らないため種族もよくわからないのだが……龍族ではないのだろう。

獣人族や亜人族といった感じでもないので、部下達の予想通り恐らくは魔族か。

少女の付き添い、といったところだろうか。

……いや、この際細かい事情はどうでもいい。

この国がただの通り道だと言うのならば、そのまま通してしまえばいい。

「わかりました、では、こちらをお持ちください。この手形があれば、国内のどの場所でも自由に行き来出来るようになります。私の方からも、軍の者に話を通しておきましょう」

「なっ、隊長⁉」

驚きの声をあげる部下に、ゼリムは黙ってろと目線で促す。

「おぉ、助かる。親切にどうも。この先もこの調子だったら、どうしようかと悩んでいたところだ。――と、そうだ、親切ついでに一つ教えてもらえたら嬉しいんだが、この先にオススメの宿とかないか？　そろそろ泊まるところを考えないといけない時間だからさ」

男の言葉に、さっさとどっかへ行ってほしいのが本音のゼリムは一瞬頬を引《ひ》き攣《つ》らせるも、あくまでにこやかに、笑顔を保ったまま答える。

「や、宿ですね……わかりました、ではここから十キロ程先に、我が国の街があります。そこに良いホテルがありますので、このままご案内させていただければと」

言っていることは、ほぼ「監視を付けさせてくれ」ということと同義なので、不快感を示されたらどうしようかと、冷や汗を流しながらそう提案してみるが……。

「お、そうか。じゃあお願いしようかな。レフィもいいな？」

「うむ、問題無い」

特に何も気にしていない様子で、あっさりと頷《うなず》かれる。

ゼリムはホッと安堵の息を吐き出し――と、男の方が、気安い様子で話し掛けてくる。

「そんな、心配しなくていいぞ。アンタはわかってるんだろうが、別に何にもしないからさ。本当に、ただ通りたいだけだから。明日の朝になったら、大人しく出て行くよ」

まるで何もかもを見透かしているかのような男の言葉に、ゼリムは思わず固まってしまっていた。

――ったく、俺は今日、非番だったってのによ！

彼の内心の叫びは、しかしその場にいる誰《だれ》にも理解されることはなかった。

◇　◇　◇

親切な軍人が教えてくれた、豪華な造りのホテル。

その中にあるレストランにて、俺達は晩飯を食っていた。

「なかなか良いホテルだな。飯も豪勢だし綺麗《きれい》だし。あの軍人のおっさん、いいところを紹介してくれたもんだ」

「うむ、煩雑な手続きも代わりに行ってくれたしの。細かな面倒も省けた。――っと、エン、肉汁が垂れておるぞ」

「……むむ？」

「ほれ、こちらを向け。拭《ふ》いてやる」

どこに垂らしたかわかっておらず、自身の服を見下ろすエンに、やれやれといった様子でお手拭《てふ》きの布を手に取るレフィ。

その光景に、俺は何だか嬉しくなり、小さく笑みを浮かべた。

――まあ、別にただの親切でここまでやってくれた訳じゃないことは、わかっている。

見れば、そこかしこにいる間諜《かんちょう》みたいなヤツらがこちらの様子をそれとなく窺《うかが》っているし、というかホテル側の人間からしてどうも軍籍っぽいのが多くいるようだし、元々ここは、この国の軍と深い関係にあるホテルなのだと思われる。

俺達に話し掛けてきたちょっと偉い立場っぽいあの軍人のおっさん、分析スキルを持っていたようなので、恐らくレフィが誰だかわかったのだろう。

レフィ、基本的に全部の情報を隠している俺と違って、自身の『覇龍』の称号だけは他者から見えるようにしているからな。

核弾頭みたいなヤツが国内に入り込んだとわかった以上、何が起きても対応出来るよう、こちらの行動を把握しておきたいと思う気持ちは、よくわかる。

あと、全然関係ないのだが、唐突にエンをアイテムボックスから出し、擬人化させた際、こちらを監視していたヤツらが目を丸くして固まっていた様子が、とても面白かったです。

以前はアイテムボックスを嫌がっていたエンだが、流石にもう慣れたようで、今では特に寂しそうな念を伝えてくることはなくなった。

と言っても、そっちに入れっぱなしでは退屈なのは間違いないだろうから、昼休憩の時や夜泊まる時とかはこうやって外に出すのだが。

エン曰《いわ》く、アイテムボックスの中は『夜のお布団』みたいな場所であるらしい。

その『夜』の部分が以前はちょっと怖かったそうなのだが、『お布団』の部分を感じられるようになってからは、むしろ居心地《いごこち》が良くなって、別に嫌じゃなくなったそうだ。

何でも、アイテムボックスの中だと、俺の魔力がよく感じられるとか何とか。

正直、よくわからなかったのだが……とりあえず彼女に嫌なことを強要している訳じゃないとわかって、ホッとした。

いっつも手で持ち運べればいいんだが、非常に重いエンの本体を持ったままでの長旅は、流石にちょい辛いものがある。

もっと成長しないとなぁ。

「それにしても、お前とこうして外泊するのも久しぶりだな」

「確かにの。何だかんだ言うて、儂《わし》はお主のダンジョンに残ることが多かったでの」

俺が遠出した時に、エンを除いて一緒に出掛ける機会が多いのは……やっぱり外に仕事場のあるネルか。

考えてみると、レフィと外出ってのは全然していないんだな。

ただ、彼女がウチにいてくれるおかげで、何にも心配せずにダンジョンから離れられるっていう面があるのは、間違いないだろう。

「いつもいつも、おかげで安心して遠出が出来て、とっても助かってますよ」

「カカ、ま、気にせんでよい。家を守るのは、番《つがい》の片割れとして至極当たり前のことじゃろう」

そう言って、男前に笑ってみせる我が嫁さん。

……あのね、とてもカッコいいんだけれどね。実は今、あなたもさっきのエンみたく肉汁零《こぼ》してるんですよ。

自信満々な顔してね、盛大に垂れちゃってるんですよ。

俺は、指摘するべきなのか。

「……お姉ちゃん、零れてる。拭いてあげる」

「えっ、あ、う、うむ……」

と、先程とは逆に、今度はエンがレフィの服を一生懸命拭き始める。

顔を赤くして、恥ずかしそうに口をもにょもにょさせるレフィに、不覚にも和んだ。

——それからしばし晩飯を楽しみ、運ばれてくる料理が一段落したところで、俺はレフィに向かって口を開いた。

「なぁ、レフィ。この先もこんな感じで国の上を飛んでくのか？　また今日みたいになったらちょっと面倒だから、出来る限り人里は離れて飛んで、んで夜だけ宿がありそうな街とか村とかに行くか、無理そうなら野宿か、で考えてるんだけど……」

俺の言葉に、レフィは少し悩んだ様子を見せる。

「どうじゃったかのう……この辺りを飛ぶのは百年ぶりくらいじゃから、以前と比べ相当に様変わりしておってな、あまり記憶がアテにならんのじゃ。ヒト種、特に人間の発展速度は驚く程に速い。百年前には、この辺りにこのような街はなかったんじゃぞ？」

あー、そうか。

確かに百年もすれば、土地の様子も様変わりするか。

「覚えておる限りじゃと、龍の里までの間にもう一つくらい国があったような気もするが……そうじゃな、また絡まれても面倒じゃ。わかる範囲で人里は避けて行くことにしようかの」

「頼むぜ。一々今日みたいに、軍隊出動されたら敵《かな》わないからさ。今回は分析スキル持ちの理性的な軍人がいたからこうしてゆったり出来てるけど、こっちのことがわからないヤツがいたら、普通に攻撃されるかもしれないし」

「その時はその時で、相手を滅ぼすだけじゃが」

「……ん。エンも戦う」

やる気満々の二人に、俺は苦笑を溢《こぼ》す。

「い、いや、確かにそうするんだけどさ。けど、なるべくならそういうことは、したくないだろ？

ただの楽しい旅行で終わらせたいし」

「ま、それは同感じゃの。わかったわかった、なるべく人のおらん方へ行こう。少し遠回りになるかもしれぬが」

「いいさ、ゆっくりのんびり楽しもう。な、エン。のんびりしたいよな」

「……二人と一緒なら、何でもいい」

「ハハ、そうか。一緒なら何でもいいか」

俺は、可愛《かわい》いことを言うエンの頭を、笑って撫《な》でた。

◇　◇　◇

「──お客さん方の様子は？」

「家族団らんって感じで普通に飯食って、仲良く部屋に向かって行きましたよ。……隊長、あれが本当に、伝説の覇龍なので？」

怪訝《けげん》そうな部下に、ゼリムは何とも言えなそうな顔で答える。

「あぁ、それに関しちゃ間違いねぇ。間違いねぇが……噂《うわさ》に聞いていた覇龍ってものとは大分違ったことも確かだな」

そもそも、何故《なぜ》龍族がヒト種の少女の姿を取っているのか、というところからして謎である。

その身が放つ圧倒的な存在感から、彼女の正体を疑うことはないが、部下が疑念を抱くのもよくわかる。

何かそういう魔法でも使っているのか、現在は少女の方も男の方も翼や角などの部位が無くなっており、外見に関してはただの人間にしか見えないことも、その疑念を強くする一因だろう。

「……あと、一つ聞いておきたいんだが、さっき二人と一緒にいたお嬢ちゃんは誰だ？　俺が案内した時は、あの子いなかったよな？」

「あの民族衣装の子ですか？　あれは剣から出て来た子ですね」

「……剣から出て来た？」

「剣から出て来ました」

真顔で答える部下に、ゼリムはしばし押し黙ってから、ポツリと呟《つぶや》く。

「……もう、何が何だかわかんねぇな」

「それは俺もっすよ。というか、イチャイチャしているところを見せつけられて、監視していて物悲しくなってきたんですが……」

「気持ちはわからなくないが、もうちょい頼むぜ。一応、この国建国以来の最大の危機ってのは間違いないんだからよ」

些《いささ》か気が抜ける最大の危機だが、と続けるゼリムに、部下は苦笑する。

「……ま、命令である以上、しっかりやりますけどね」

「軍人ってのは、こういう時辛いもんだな」

「全くですよ」

◇　◇　◇

「……ん……」

カーテンの隙間《すきま》から差し込む朝日に、俺は目が覚める。

と、起きてすぐに感じたのは、腕の痺《しび》れと、何かの重み。

俺は、そちらへと顔を向け——視界に映ったのは、俺の腕を枕に、穏やかな寝息を立てているレフィ。

間近に感じる彼女の甘い吐息と、サラサラとした髪の感触が心地《ここち》良い。

あぁ……そう言えばここ、ダンジョンじゃなかったな。

用意されていたのがダブルベッドであり、だがまあいいかと、一緒に寝たんだった。

……それにしても、本当にコイツの顔は、神々しいまでに整っている。

長いまつ毛。白い肌。

もう何度見たかわからないくらい、それこそ毎日毎日見ている訳だが、見飽きることなど一生ないだろうと断言出来る程に、美しい。

面と向かっては、絶対そんなこと言わないけどな。

しばし、何をするでもなく彼女の寝顔に見入っていると、ふと腹の辺りに何か熱を感じる。

何だ？　と思い布団をめくってみると……俺とレフィの間で、まるで子猫のように丸くなって眠っている、エン。

その可愛《かわい》らしい姿に、俺は思わず頬《ほお》を緩ませながら、彼女の髪を梳《す》くようにして撫でる。

いつまでも二人とこうしていたい気分だったが……まあ、そういう訳にも行かないので、俺は彼女らの肩をトントンと叩《たた》いた。

「おはようございまーす、お二人とも、朝でございますよー」

「……む」

「……んぅ」

俺の声に、もぞもぞと動き出す二人。

まず、エンが可愛らしく目をくりくり擦《こす》りながら起き上がり……レフィは起き上がらない。

「おーい、レフィ、起きろ。朝だぞ」

「………」

だが彼女は、それでも起きることなく――寝惚《ねぼ》けているのか、唐突にギュッと俺の身体《からだ》に抱き着いた。

彼女の柔らかい身体の感触に、俺は思わず一瞬ドキリとしてしまい――。

「……ハッ、危ねぇ、流されるところだった。おいレフィ、お前がもう起きてるのはわかってるんだぞ。俺の声に尻尾《しっぽ》がピクッて反応してやがったからな。それに、その程度で俺を誑《たぶら》かせると思ったら大間違いだ。そういうあざとい動作はな、幼女組とかがやるからこそ可愛いんだ」

「………」

レフィは、未《いま》だ、起き上がろうとしない。

往生際悪く、寝たフリを続けている。

「ほーう、そうか。まだ狸寝入《たぬきねい》りを続ける、と。それならばこちらも策を一つ、講じさせてもらうとしよう」

チラリとエンに目配せすると、すぐに俺の意図を察知し、彼女はコクリと頷《うなず》く。

「それはな——こうだ！　奥義、『くすぐり大地獄』！」

「へっ——わひゃ、わひゃひゃひゃっ！　ちょっ、まっ、うひひひひっ‼」

示し合わせた俺とエンのくすぐり波状攻撃により、流石《さすが》に寝たフリを続けられなくなったレフィが、必死に身体を捩《よじ》らせ始める。

「フフフ、どうだ、この連携！　ここからお前は逃れられまい！」

「……完璧《かんぺき》なくすぐり大地獄。相手は笑い死ぬ」

「はひっ、ひひひひ、わ、わかった、わかっわひゃひゃっ‼　起きっ、起きりゅひひから‼」

「うーん？　起きりゅひひ？　何て言っているのかわからないなぁ！　もっとしっかりとした言葉で喋《しゃべ》ってくれたまえ！」

「おっ、鬼かお主⁉　あっ、まっ、ふひひひひっ‼」

その後しばらく、レフィの笑い声が部屋に響き渡った。

◇　◇　◇

隣を飛ぶレフィが、唇を尖《とが》らせる。

「全く……お主らは鬼畜なんじゃ！　限度というものを知らん！」

「お前がムダな狸寝入りをするからだ。大人しく起きていればあのような悲劇、避けられたのだよ……」

『……避けられたのだよ』

「避けられたのだよ、じゃないわ阿呆《あほう》！　それに、可愛《かわい》い嫁のすきんしっぷじゃぞ？　もっとお主は、喜んでもいいはずじゃ」

フン、と可愛く拗《す》ねるレフィ。

「ハハハ、そうだな、悪かった。次は目一杯喜んでやるから、もう一回ここでスキンシップをやり直そうか！」

俺は笑って彼女に抱き着き、そのまま空中でクルクルと回る。

「わっ、ちょっ、こらっ、やめんか！　飛行が乱れる！」

「うーん、この我が嫁さんの抱き心地、最高だなぁ！　柔らかくて温かくて、フワフワで！」

「あ、阿呆！　頬擦りすな！　え、エンが見ておるじゃろう！」

「フハハハ、何を恥ずかしがっているんだ？　いいじゃないか、我々がラブラブであるというところ、存分に見てもらおう！」

『……ん、仲が良いのはとても良いこと』

「ほら、エンもこう言っているからな！　心ゆくまでスキンシップしようぜ！」

「い、いや、だからと言うてこんな空で……ハァ、お主はこういう時、ほとほと人の話を聞かんよな」

俺が抱き着くのをやめる気がないことを察したらしいレフィは、呆《あき》れたようにため息を吐き出し、しかし無理に振り解《ほど》くことはなく、子供でもあやすようにポンポンと俺の頭を撫でたのだった。

――現在俺達は、ホテルを後にし、再度空の旅の途中である。

いやぁ、出て行く時に、色々便宜を図ってくれた軍人のおっさんが見送りにというか、確認にというか、再度会ったのだが、すんげーホッとしてたな。

別に何にも悪いことはしていないのだが、お騒がせしてちょっと申し訳ない気分である。

今飛んでいるのは、予定通り人里から離れた、深い森の上空である。

やはり人が避けるような地域であるためか、この辺りは魔物が多いらしく、マップに敵性反応が多く映っていたので、念のためエンを装備して飛んでいる訳だ。

と言っても、魔物の強さは魔境の森のヤツらとは比べるべくもないがな。その気になれば、殴っただけでぶっ殺せるような相手だろう。

確実に汚れるからやらないけど。

そうしてエンを担ぎながらレフィと並んで飛んでいると、遠くの方に、何か大きなものが浮かんでいることに俺は気が付く。

「あれは……おぉ、飛行船か⁉」

距離があるためサイズ感がわかりにくいのだが、背景の山脈の大きさから察するに、恐らく相当デカい飛行船だろう。

魔法も使っているのかもしれないが、気球部分も双頭だし、結構な人員が乗り込めるのではないだろうか。

すげぇ、こちらの世界でも、もう飛行船が存在しているのか。

……いや、けど、考えてみればそう不思議なことでもないのかもしれない。

道中で見た騎龍兵や、翼持ちの魔族なんかがいるこの世界では、すでに三次元戦闘の大切さが理解されているのだろう。

こういう技術が発達する一番の理由って、軍事的な必要性からだろうしな。

もう五十年もしたら、普通に戦闘機が空を飛んで、魔物対戦闘機の激熱ドッグファイトとか見られるようになるかもしれない。

俺、もう長命種なんだし、その技術の移り変わりの様子も見られるんじゃないか？

楽しみだなぁ……。

なんて、ちょっとワクワクしながら飛行船の方を見ていた俺だったが……そこでようやく、何か様子が少しおかしいことに気が付く。

「……なぁ、俺の見間違いじゃなければ、煙出てないか？」

「うむ、間違いなく出ておるの」

『……ん、モクモク』

あれ、飛行船ってあんなに激しく煙が出るものだったっけ。

あれ、飛行船って火を噴き出して飛ぶものだったっけ。

遠くてわからなかったが、あの気球部分の側面の、もしかして模様じゃなくて魔物……。

「のうユキ、儂《わし》の見立てでは、あれは魔物に襲われて墜落の最中じゃと思うが、どうかの？」

「……俺もそう思います」

見えた飛行船は、墜落し掛けていた。

「どうする？　儂は別に、放置でも構わぬが」

「えー……俺も、あんまり関わり合いになりたくないんだけどなぁ……」

けど、こうして見ちゃった以上はなぁ……なんてことを思っていると、エンの念話が俺達の脳内へと流れ込む。

『……知ってる。こういうのは、フラグって言うんだって』

「へ？」

『……それで、助けに行ったらお姫様がいて、悪い魔法使いがお姫様を攫《さら》おうとしてて、その悪い魔法使いをやっつけてお姫様に感謝されるの。……ね、主《あるじ》。お姫様、助けに行こう？』

きっと擬人化していたら、これ以上なく瞳《ひとみ》を輝かせていたのだろうことが丸わかりの声音で、懇願するエン。

あの飛行船が墜落し掛けている理由は魔物に襲われて、だろうから、悪い魔法使いはいないんじゃないかとか、そもそもお姫様はこんな人里から離れた航路を飛ぶ船には乗らないんじゃないかとか、色々反論の言葉は頭に思い浮かんだが……。

「……そうだな、助けに行くか」

俺は何故《なぜ》かテンションの上がっている彼女に否と言うことが出来ず、苦笑を浮かべてそう答えた。

——五十メートル程の距離のところまで近付いたことで、飛行船の詳しい被害状況が視界に飛び込んでくる。

虫、虫、虫だ。

デカいてんとう虫のような魔物が、船体全体を襲っているのである。

「うわぁ、すげー集《たか》られてんなぁ……」

『……虫さんのお祭り』

エンさん、決してそんな、可愛《かわい》らしいものではないですからね。

最近わかったのだが、エンは結構虫好きらしい。

こちらの世界のデカい虫どもを散々見てきたせいで、かなり虫嫌いになってしまった俺に比べ、イルーナやシィ、レイス娘達なんかもヤツらに対する忌避感は持っていないようなのだが、エンはむしろ『好き』に分類しているようなのだ。

曰《いわ》く、ワシャワシャ動く様子が可愛いとか、何とか。

その時は「そ、そうかぁ。エンは虫が好きなのかぁ」と流したのだが……正直全く一ミリも同意出来ませんぜ、エンさん……。

……思考が逸《そ》れたな。

とにかく、魔王の超視力で見えた飛行船の現在の状況なのだが、双頭の気球、その片方に大穴が空いており、現在は残りのもう一つの気球のみでかろうじて飛んでいるような状態だ。

そして、そういう歪《いびつ》な飛び方となっているせいで、飛行姿勢がかなり崩れてしまっており、負荷が掛かって船体が歪《ゆが》んでいるのが傍《はた》から見ているとよくわかる。

発生している火災は、その辺りが理由か。

んで、それに加えて、襲撃者であるてんとう虫どもにも絶賛齧《かじ》られ中、と。

――要するに、あの飛行船は空中分解一歩手前のところで、ギリギリどうにか墜落を免れている、といった具合なのだ。

魔物どもを排除して、気球の破れた部分をどうにかすれば、まだ飛べるんじゃないか、とは思うのだが……。

「……よし、レフィ、お前はあのアホ虫どもを追っ払っててくれねぇか。すぐに俺も戻るから」

「任せよ。お主は？」

「俺は、ちょっと船長とお話ししてくる！」

その言葉を最後にレフィと別れた俺は、軽く飛行船の周囲を飛んで操舵《そうだ》室を探し――あった。

飛行船の一番前面のガラスで覆われた部分に、計測機器らしいものや伝声管、何に使うのかよくわからん装置などが数多《あまた》設置された船室が見える。

そこにも数匹の魔物が集って中へと這入《はい》り込もうとしており、必死に魔法や剣などで迎撃している船員達の戦闘音がここまで聞こえて来ている。

そんな、修羅場真っ只中《ただなか》の状況で、舵《かじ》を操りながら周囲に怒鳴り、余裕のない様子で指示を出している男が一人。

あれが、この飛行船の船長だろう。

俺は群がっていた魔物どもをエンで斬り捨て、一分程で排除し尽くしてとりあえずの安全を確保すると、割れた窓の一つから一気に操舵室の内部へと飛び込んだ。

「なっ、ま、魔族⁉」

驚いた船員がこちらに向かって剣を振るってくるが、俺はバシッとエンでそれを払い、喧騒《けんそう》に負けじと声を張り上げる。

「おい、死にたくないなら手を貸してやる！　この飛行船、気球の大穴を塞《ふさ》いだらまだ飛ぶか⁉」

「て、手を貸すだと⁉　魔族の言うことなど信じられるかッ‼　何を企《たくら》んでいるッ⁉」

「押し問答したいなら結構だがな、そんな時間はないんじゃねーか⁉　このまま墜落してアンタら全員あの世行きか、名も知らない怪しい魔族と協力して生きる道を探るか、二つに一つ、だ！」

俺の言葉に、こちらに武器を向けていた船員達が狼狽《うろた》えた様子を見せて動きを止め、判断を仰ぎたいのか、舵を握っている船長らしい男へと揃《そろ》って顔を向ける。

彼は、次々と変化していく現状に流石《さすが》に頭の処理が追い付かないのか、一瞬呆《ほう》けた様子で俺のことを見る。

「お、お前はいったい……」

「んなこと、今はクソ程どうでもいいだろ！　さっさと質問に答えろ、この気球、大穴塞いだらまだ飛ぶか⁉」

思わず怒鳴ると、そこでようやく、何を優先するべきか頭の整理が付いたらしい。

船長は瞳に意思を灯《とも》し、力強く答える。

「……あぁ！　穴さえ無くなれば、内部から風魔法使い達の魔法を使って再度浮上出来る！」

「修理用の道具は⁉」

「ある、だが魔物に邪魔され、すでに二度程修理に失敗した！　あと一回分の道具しか残っておらん！」

よし、向こうで修理出来るなら、してもらうとしよう。

以前ネルと王都へ行った頃《ころ》から、俺は外でもＤ Ｐ《ダンジョンポイント》カタログが使えるようになっているので、最悪ブルーシートか何かを交換して穴を無理やり塞ごうかとも思っていたのだが、魔物排除に専念するだけで良さそうだな。

「わかった、魔物はこっちで何とかする、すぐに修理要員の準備をしとけ！」

「……信じていいんだな⁉」

「そうしなかったら、アンタらが死ぬだけだ！」

そう言い残して俺は、再度窓から外へと飛び出した。

先程、飛行船全体を見た時は船体後部の方に多く魔物が群がっていたので、道中の虫どもをぶっ殺しながらそちらに向かって飛んで行き――あれ？

数が激減している。

さっきはもう、風の谷に墜落したトル○キアの輸送機ばりの集《たか》られっぷりだったというのに……なんて考えている間にも、目の前でパチュンと数匹の頭部が弾《はじ》け、眼下の森へと落ちて行った。

今のは、前にも見たことあるレフィの魔法だな。対象の頭部に魔力で圧力を掛け、潰《つぶ》すとかってヤツだ。

まだ、別れてから五分も経《た》っていないと思うのだが……いや、レフィならば、それだけあれば余裕か。

苦笑を浮かべて俺は、飛行船の少し上で魔力操作に集中しているレフィの近くまで行き、喧騒で掻《か》き消《け》されないよう彼女の耳元に顔を寄せる。

「レフィ、戻っ――」

「ひゃあっ⁉」

彼女の口から漏れる、艶《つや》のある声。

「……ひゃあ？」

「み、耳元で急に喋《しゃべ》るな！　こ、こそばゆいじゃろう！」

ヘンな声を漏らしてしまったのが恥ずかしかったのか、片耳を押さえながら顔を赤くしてそう言うレフィ。

「……お前、耳弱点だったのか」

弱点の多いやっちゃなぁ、コイツ……俺の知っている限りだと、尻尾《しっぽ》に、角に、翼に、耳か。

この中だと、一番弱いのは……うーん、やっぱり翼、だろうか。

うむ、今度比べてみよう。

「い、いや、儂じゃなかろうと、誰《だれ》とて耳に吐息をかけられたら、こうもなるじゃろう！」

「……ひゃあっ！」

彼女の声真似《まね》をして、わざとらしく身体《からだ》をくねらせる俺。

「ぐっ、ば、馬鹿にしおって！　お主とて、同じことをされたら絶対同じようになるはずじゃ！」

「ひゃあっ！」

「こ、このっ、もう許さん‼　お主にも存分にこそばゆい思いをさせてやる‼」

「あっ、うひっ、あはは、待て待て、悪かったって！　もうしないから！」

流石に怒ったのか、俺の耳元に顔を寄せてフーフーと思い切り息を吹きかけてくるレフィから、俺は笑いながら身を捩《よじ》らせて逃げ――と、そんなことをやっていた時、エンから伝わってくる、呆《あき》れたような念。

『……虫さん、倒さないの？』

彼女の言葉にハッと我に返った俺とレフィは、現在がふざけている場合ではないということを思い出し、二人揃ってコホンと咳払《せきばら》いする。

「……よ、よし、レフィ。魔物を排除したら、修理要員が破損部を直せるそうだから、とっととやっちまうぞ。お前はこっちの気球の魔物頼むな。俺、あっちのやるから」

「う、うむ、わかった。任せよ、儂がしかと殲滅《せんめつ》しておいてやる」

『…………』

無言のエンの追及から逃れるように、俺とレフィは役割分担して再度別れた。

◇　◇　◇

「――本当に魔物どもがいなくなっている……アンタが協力者の魔族だな！　感謝する！」

レフィとてんとう虫を駆逐して回っていると、飛行船の内部から工具を背負った男達が現れる。

「おう、来たか！　飛行船の周りに集《たか》っていたヤツらは多分全部落としたんだが、もしかして船の中にも入り込んでんのか⁉」

吹き抜ける風に負けじと、俺は声を張り上げる。

粗方片付けたはずなのに、索敵スキルに未《いま》だ反応があるのだ。

「あぁ！　そっちは今、仲間が足止めをしている！　向かってくれるか⁉」

「オーケー、任せろ！」

レフィは……ダメだな。

色々不器用なコイツを飛行船内部で戦わせた場合、「あっ」とか言って船体に大ダメージを与える未来が見える。

エンも、中で振り回しでもしたら、多分その余波で色々ぶっ壊しちまう気がする。

俺らが墜落のトドメを刺す訳には行かないので、彼女らにはここで待っていてもらうか。

「よし、レフィ、エンを頼む！　俺は中を潰してくる！　また魔物のおかわりが来るかもしれんから、その警戒をしててくれ！」

「む、了解じゃ！　――うむ、お主の本体をこうして掴《つか》むのは久しぶりじゃが、やはりズシリと来る良い重厚さがあるの、エン」

『……むう。重くない』

「カカ、そうじゃな。すまんすまん」

エンを手渡しでレフィに渡すと、そんなのんびりとした会話をする二人。

……すまん、エン。俺も本体は重いと思ってた。

そうか、エンはもう体重とか気にするようになったのか。女の子だもんなぁ……。

俺も、言動には気を付けよう。

女の子の機微に悩む魔王。

人生とは不思議なもんだぜ……。

無数のパイプが走り、バルブやメーターのようなものが並ぶ船内。

あまり異世界っぽくない、武骨でメカメカしい内装をしている。

人の手で造られたものというのは、世界が変われど大体同じような見た目になるのだろう。

半ばそうじゃないかとは思っていたが、この船は軍船であるようだ。客船用に造られたものならば、もっと見栄えを良くしようとするはずだからな。

「見つけた！」

修理要員に聞いた場所から船内に入り込み、索敵スキルを頼りに進んで行くと、すぐに戦闘中の場所へと辿《たど》り着《つ》く。

数は……結構入り込んでいる。

全部で十匹くらいか。そんなに広くない通路を無理やりぶっ壊しながら進んでおり、軍人達と戦っている。

人間側の方が、大分押され気味だ。

いったい、何をやってこんなことになったのだろうか、コイツら。

魔物の巣を爆撃でもしたのか、それとも本当に悪い魔法使いにでも遭遇して、何かされたのか？

……ま、その辺りの事情は後で聞くことにしよう。

「三番隊がやられた‼」

「クッ、軽傷者に重傷者を担がせて下がらせろ‼　それ以外は何としてもここを死守――」

陣形を組んで戦っているヤツらの横をすり抜け、俺は両拳《こぶし》に装着したナックルダスター――いわゆるメリケンサックで、一匹のてんとう虫の頭部を殴り抜く。

砕拳《さいけん》：魔王ユキの作成した、黒のナックルダスター。己《おの》が肉体を以《もっ》て敵を滅ぼし、己が肉体を以て勝利を得る。品質：S-。

銘は、『砕拳』。

信頼のアダマンタイト製で、小指の方から大型のナイフが伸びているため斬撃も放てるシロモノである。

ナイフサイズなら、エンも拗《す》ねずにいてくれるので、ばっちしだ。

まあ、俺はネルなんかと違って器用な真似は出来ないため、拳打に斬撃を合わせた格闘術みたいなことは無理なので、ナイフの方は半分飾りみたいなものである。

じゃあ、何故《なぜ》その部分をプラスしたのか。

それは、こっちの方がカッコいいからです。

魔術回路としては、以前幽霊船ダンジョンを攻略した時に使った戦棍《せんこん》『轟滅《ごうめつ》』。アレに組み込まれていた『爆裂』がコイツにも組み込まれており、アレと同じく衝撃の瞬間、標的が爆発する仕様となっている。

「ハッハー‼　お前の殻、柔《やわ》いなァッ‼」

インパクトと同時、爆散。

虫の五体が、周囲一帯へと飛び散る。汚い。

一撃で一匹を無力化した俺は、そのまま技も何もないただ力を込めただけの拳の連打を放ち、次々とてんとう虫どもを粉砕していく。

たかがパンチ、されどパンチ。

魔王の超肉体を以てすれば、この五体の全《すべ》てが武器と化すのだ。

フハハハ、今の俺は、拳で全てを破壊する拳王だ‼

気分よく敵を粉砕していると、横の船室の一つから突如てんとう虫が飛び出してくるが、索敵スキルと危機察知スキルがある俺にはそんな奇襲は見え見えだと、ハンマーの要領でナックルダスターのナイフ部分を振り下ろし、ソイツの頭部に突き刺し――あれっ。

……勢いよく振り下ろし過ぎたのか、ナイフ部分が抜けない。

思い切り引っ張ってみたり、左右にガタガタやってみても、全く抜けない。

……ソードブレイカーの役割も果たせるよう、ナイフの刃の反対側をギザギザにしたのが失敗だったかもしれない。

「あ、ヤバい。ちょっと待て、タイム」

当然、そんな声が聞き入れられるはずもなく、俺に群がる虫ども。

「うおおお、危ねっ‼　ちょっ、このっ、調子に乗んなよ‼」

俺は、刺さってない片腕で襲い来るてんとう虫を迎撃し、というかもう開き直って、てんとう虫が刺さったままの側のナックルダスターも振り回し、諸共《もろとも》殲滅する。

若干船の内装を壊してしまっているが……ヤバそうなのはちゃんと避けているので、それで勘弁してくれ。

「お、おい、誰だ、あの男？　どこの部隊の者だ？」

「い、いえ、多分ウチの者ではないかと……伝声管で、船長から『魔族が協力するから、間違っても攻撃しないように』という通知が来ていましたので……」

「は？　ま、魔族だと!?」

「え、えぇ。確認しましたが、間違いないと……」

今俺は、狭い船内だということを考慮して翼を消しているので、パッと見では魔族かどうかわからないのだろう。

俺が戦い始めてから、何が何だかわかっていない様子で動きが止まっているが……まあ、こっちを攻撃してこないだけ、良しとしよう。

一発だけなら誤射かもしれない。でも許さんからな。

◇　◇　◇

「よーし、こんなもんか。索敵スキルは……反応無し！」

フゥ、と一つ息を吐き出す。

意外と掃討に時間が掛かってしまった。

この船デカい上に入り組んでいるから、隅々まで掃除をするとなると、あっち行ったりこっち行ったりでそれなりに移動に時間が掛かってしまったのだ。

「お前……いや、貴殿、どうも我々は命を助けられたようだ。仲間一同、心から感謝する」

頭を下げる、操舵室《そうだ》からこちらにやって来た船長に、俺は手をヒラヒラさせる。

「気にするな。ウチの子の要請で助けに来ただけだからな」

「ウチの子？」

「こっちの話さ」

この船長以外は、必死に船のダメージコントロールに勤《いそ》しんでおり、少し前から安定して飛行船が空を飛び始めている。火災も収まったようだ。

どうやら、墜落の未来を免れることが出来たようだ。

「それより、何をやったんだ、アンタら？　あんなに魔物に集《たか》られてよ」

レフィが近寄れば、勝手に逃げていくんじゃないかと思っていたんだが、あの虫ども、全く気にせずこの船を襲っていたからな。

何か、理由があるのだろう。

その質問に、船長は難しそうな顔をする。

「我々自身はいつもの航路を進んでいただけで、特に何か変わったことをした訳ではない。ただ、心当たりはある。確証はないが、我が国――『エルレーン協商連合』と敵対している国家による攻撃の可能性が高い」

ほう……魔物を使った攻撃、と。

エルレーン協商連合と言うと、道中で俺達を囲んだ、騎龍兵達の所属する国だったな。

あそこから来ている船だったのか。

「そんな、魔物を操ることが出来る国があるのか？」

「あぁ。ここより南方にある覇権国家、『ローガルド帝国』が、よく目標を達成する手段として、このような攻撃をするのだ。証拠は出て来ないし、その方法も判明していないのだがな。何かのスキルか、それとも魔道具か」

……だが、それでもその国の仕業だということがわかっているという以上、何かしらの情報は得ているのだろう。

しまったな、分析《アナライズ》スキルは使っていたのだが、急ぎの事態だったからレベルだけの確認に留《とど》まっていた。

もっとしっかり見ていたら、何か追加でわかることもあったかもしれない。

「何かそんな、この船が狙《ねら》われる理由があったのか？　あぁ、勿論《もちろん》、答えられなそうだったら答えなくていいが」

「いや、それくらいは大丈夫だ。恐らくだが、この船の情報が得たかったのだろう。この船自体が最新技術の塊で、根幹の動力部に関するものなどはトップシークレットなのだ。魔物によって撃墜し、その残骸《ざんがい》を得れば、自分達がやったという足も付かず技術も手に入れられる」

……なるほど、積み荷に戦略物資があるとかではなく、単純にこの船自体が機密の塊なのか。

こっちの世界、なかなかどの国も大変そうだよな……俺が行ったことのある国、大体どこも戦争中だし。

前世の近代以前も、こんな感じだったのだろうか。

「貴殿は、どうしてここに？」

「こっちは里帰りの途中だ。んで、途中で燃え盛りながら墜落しようとしているこの船が見えたんでな。見捨てるのも寝覚めが悪いから、出来る限りで手助けしようかと」

「それは……本当に助かった。貴殿がいなかったら、我々は船と共に藻屑《もくず》になっているところだ。魔族とは我が国も仲が悪いが、貴殿の助力を我らは生涯忘れぬことだろう」

「ハハ、ま、運が良かったな、アンタら。次からは魔物を撃退出来る手段を備えとくと、もっと安全に飛べると思うぜ」

「うむ、確かに。軍船として使用することを考えると、自衛手段は必須《ひっす》か……騎龍兵を随伴させるか、船自体に迎撃用の手段を備えるか……だが船に手を加えると飛行速度の低下は免れんか……」

顎鬚《あごひげ》に手をやり、何やら悩み始めた船長に、俺は笑って言葉を掛ける。

「それじゃあ、俺はここらでお暇《いとま》させてもらうよ。船の内部、見られて楽しかった」

「もう行くのか？　礼を兼ね、少しくらいはもてなしをさせてもらいたかったが……」

「気持ちは嬉《うれ》しいが、俺達も用事の途中なんでな。急いでる訳じゃあないんだが、こんな状況の船でもてなしてもらっても申し訳ないし。一般用の、客船とかが出来た時にでも遊びに来るよ」

「む……わかった、ではこれを。せめてもの礼だ」

船長から渡されたのは、何か勲章のようなものだった。

銀を中心にかなり美麗な装飾が施されており、それなりに貴重な勲章なのだろうということが一目で窺《うかが》える。

「？　これは？」

「紹介状代わりだ。これがあれば、貴殿の身分を証明出来るだろう」

「けどこれ、勲章だろ？　いいのか、人に渡しちまって」

「確かに大事なものではあるが、本来ならば貴殿は国を挙げて称《たた》えるべき存在だ。むしろ、この程度しか出来ず申し訳ないくらいだ」

「あー、国を挙げては勘弁してほしいな……わかった、それならありがたく貰《もら》っとく。アンタの国に遊びに行くことがあったら、使わせてもらうよ。そんじゃ、また会うことがあったら会おう」

「あぁ。その時は是非、酒でも奢《おご》らせてくれ。改めて、我々を助けてもらったこと、心からの感謝を。——総員、敬礼！」

俺は勲章をアイテムボックスにしまい、部下達と共にビシッとした敬礼をする船長へ軽く手を上げて返礼した後、飛行船内部から外へと飛び出した。

近くで飛んで待ってくれていたレフィのところに行くと、彼女が握っているエンから念話が流れ込んでくる。

『……主、お姫様は？』

「残念ながら、お姫様はいなかったな。いたのは軍人さんだけだ」

『……そっかぁ、残念。悪い魔法使いは？』

「悪い魔法使いは、いたかもしれん。魔物があの船を襲っていたのは、悪い魔法使いが操っていたからかも、って船長が言ってたぞ」

『……むむ。じゃあ、正義の魔王、の娘、エンが悪者はやっつける』

「おう、そうだな。悪者は正義が倒さないとな」

微笑《ほほえ》ましい思いで彼女へ言葉を返していると、レフィが俺に耳打ちする。

「……のう、ユキよ。そろそろ童女達にも、一般的に魔王が悪であるということを教えてやっておいた方が、今後のためになると思うのじゃが……」

「一応、言ってはあるぞ。でも魔王の俺は悪じゃないから、それはおかしいって。そう言ってくれるのは嬉しいんだけどなぁ」

「……ま、そうじゃな、お主は悪というよりも小悪党じゃものな」

「ほう、となるとお前は、小悪党の嫁ということになるが、それでいいのか？」

「おっと、それなら前言撤回じゃ。お主は大悪党じゃの」

「うむ。我《われ》が世界を滅ぼすべく生まれてきた、大悪党魔王ユキよ！」

「ならば儂《わし》は、お主と共に私利私欲を尽くすべくその番《つがい》となった、世紀の悪女、レフィシオスじゃの。者ども、ひれ伏すが良い」

『……？　二人は、悪じゃない』

何だか不服そうな様子のエンに、俺とレフィは声をあげて笑った。

◇　◇　◇

飛行船と遭遇した後は、特に何事もなく空の旅を続け、その夜。

龍の里近くの秘境領域へ踏み入ったためか、人里はもうどこにも存在しておらず、俺達はとうとう初めての野営をすることになった。

「よし！　こんなもんでいいか！」

原初魔法の『土』で作り出した簡易住居を前に、俺はフゥ、と一つ満足げに息を吐く。

出来たのは、石製の真四角の建物。

マイ○クラフト的に言うと豆腐ハウスだが、中は居間と寝室、汲《く》み取《と》り式トイレ、暖炉に台所にテーブルに椅子と、住居として必要な設備は全《すべ》て揃《そろ》っている。

壁も天井も一度に作ったものであるため継ぎ目が存在しておらず、出入口以外からは隙間風も入ってこない。防寒はそれなりに良い方だろう。

明かりは、天井にフックを付けておいたのでそこにDP製のランタンを吊《つ》るすようにし、寝具もまたDP製の、外出用に揃えた布団一式。

ランタンの明かりに風情があって、個人的に結構気に入っている。

ちなみに、風呂《ふろ》は露天風呂にしてしまおうと外に作った。景色《けしき》でも見ながらゆっくり入りたいからな。

どうせ、こんな秘境に人なんていないだろうし。魔物もレフィがいれば全く心配いらないし。

一晩のテントとしては、贅沢《ぜいたく》なくらいだろう。……いや、テントというか、これはもう、小屋とかペンションとかの方が近いか。

幼女達のおままごと用に、小型の家っぽいものは何度も作ったことがあるので、今ではこれくらいのものは、息をするのと同じくらい簡単に作れるのである。

「器用なものじゃのう……お主のこの辺りの原初魔法の使い方は、儂には真似《まね》出来ぬな」

「フハハハ、見たか。これが魔王の秘技よ」

「……そう言えばユキよ。お主は大概のことを魔王のなんちゃらと言うが、童女どものままごとセットを作る時にも、『魔王の為《な》せる業だ！』と言うのは、少々どうかと思うぞ？」

「何を言う。魔王であるからこそ、幼女を満足させる術《すべ》すら完璧《かんぺき》に心得ているのだよ」

「……まあ、お主が良いのであれば別に構わぬが」

はいはい、といった様子で言葉を溢《こぼ》すレフィに、隣のエンがボソッと呟《つぶや》く。

「……でも、お姉ちゃんも、よく『覇龍だから』って言ってる」

「む、そ、そうじゃったか？」

「……ん。似た者同士」

あんまり自覚がないのか、怪訝《けげん》そうにするレフィに、うんうんと首を縦に振るエン。

最近エンは、どんどん感情表現が豊かになってきている。

良いことだ、その調子で自分を表に出せる子に育ってくれよ。

「ほれ、お二人さん、それより中に入って晩飯にするぞ。何が食いたい？」

「餃子《ぎょうざ》」

「……らーめん」

「おし、それじゃあラーメンセットにすっか。味は何にする？」

「あー……それなら儂は、とんこつにしようかの」

「……味噌《みそ》」

「オーケー。俺もとんこつにしようかな」

そう話しながら二人と共に小屋の中へと入った俺は、アイテムボックスから予《あらかじ》め調理済みの料理を取り出し、小屋の中のテーブルに並べる。

出来立てほやほやのままアイテムボックスに突っ込んだラーメンが、途端に芳《こう》ばしい香りを放ち始め、すきっ腹を刺激する。

レフィの要望通り餃子と、調味料一式と箸《はし》を取り出したところで、二人も準備を手伝いすぐに晩飯の用意が整う。

「さ、食うか！　いただきます」

「うむ、いただきます」

「……いただきます」

揃って手を合わせ、俺達は箸を手に取った。

「うーん、控えめに言って超美味《うま》い。レイラの料理の腕は、達人の域に達しつつあるなぁ……」

このラーメン、なんとスープからして、ほぼ全てレイラのお手製である。

ＤＰカタログで出したラーメンを幾度か食わせたら、調味料に何が使われているのかを完璧に覚え、自分で改良したものまで作れるようになってしまったのだ。

ＤＰカタログがある以上、必要な調味料は俺が全て揃えられるので、無理なことではないのだろうが……多分、レイラは人より味覚が優れているんだろうな。

その味覚と、そして彼女の鋭い観察眼と洞察力が合わさることで、こんなに美味い料理を作ることが出来るのだろう。

一口味見して「あら、もう少し酸味を加えたいですねー」とか「これはお塩をひとさじ入れて、味を調えた方が良さそうですねー」とか言いながら、リューが失敗した料理なんかを普通に美味いものに変える手際など、もはやプロのそれである。

店を開いたら、大繁盛間違いなしだ。

「ほんにのう……もはや我が家は、彼奴《あやつ》がおらねば回らんからな」

「……レイラお姉ちゃんは、強い」

「うむ。レイラは、強いの。こう、何と言うか、強いの」

「君達の言いたいことはよくわかるぞ」

我が家の者達は、誰《だれ》もレイラに頭が上がらないからな。

レイラ裏ボス説。提唱していきたい。

「……チャーシュー、あつあつでうまうま」

「エンは相変わらず肉好きじゃな。ほれ、餃子も美味いぞ」

「……ん。餃子もうまうま」

とても一生懸命にハフハフしながら、しかし幸せそうに箸を進めるエン。見ているだけで精神が癒《いや》される。

「ハハハ、俺のチャーシュー、一枚やろうか」

「む、仕方ないのう。儂のも一枚くれてやる。味わって食うんじゃぞ?」

「……うおー、お肉祭り。ありがと、主、お姉ちゃん」

珍しくテンションマックスな様子で両手を突き上げるエンを、レフィが「これ、行儀が悪いぞ」と窘《たしな》め、その様子を見て俺は笑う。

そうして俺達は、あんまり野営っぽくない快適な夜を過ごしたのだった。

◇　◇　◇

ビュウ、と強い風が吹く。

「うっ、寒い……何だか、一気に寒くなってきたな」

昨日《きのう》まではそうでもなく、魔境の森より少し温度が低いか、と思うくらいだったのだが、この辺りはかなり肌寒い。

近くの山脈付近の空を見れば、何やら雪雲らしきものも見えるので、実際にこの辺りは気温が低いのだろう。

　魔境の森は亜熱帯のような気候であるため、基本的に年がら年中暑いのだが、そのせいで前世と比べ暑さには耐性が出来ても、寒さに対する耐性が下がったというのもあるかもしれない。

　まあ、ダンジョン内の方は過ごしやすい気候で固定してあるんだけどな。時折興が乗った時に、天候変えるくらいで。

「うむ、龍の里まではもう少しじゃな。あの周辺は、魔境の森とは反対に基本的に寒いからの。雪もよく降る」

「お前、雪国出身だったのか」

「そうとも言えるの。――ユキ、魔法で温風を生み出し、自身の周りに纏《まと》わせるんじゃ。ほれ、お主が髪を乾かす際にいつも使っている魔法。あれを使えば良い。儂もすでにそうしておるぞ」

「む、ドライヤー魔法か。その考えはなかった」

　なるほど、俺と比べて全然寒そうにしていないと思ったら、すでにそんなことをしてたのか。

　彼女の助言に従い、俺は昔生み出して以来ほぼ毎日使用しているドライヤー魔法を発動し、飛行中の自身の身体《からだ》に纏う。

　おぉ……あったかい。

　これはいいぞ、一気に春の陽気のような暖かさになった。

　ドライヤーを全身に纏えば、それはつまりエアコンか。

　よし、これはエアコン魔法と名付けよう。常に身体に温風を受け、乾燥待ったなしの魔法である。

……体調崩さんように気を付けないとな。

「この身で過ごすようになってからようわかったが、ヒト種というのはこういう時不便なものじゃのう。温度の機微に敏感過ぎる」

「あぁ、龍の身体って、気温の変化には強いんだったか」

「うむ。気温が高い低いを感じはするが、暑さにやられたり、寒さで凍えたりはせんの。一度近くの山が噴火して、溶岩流を浴びた時などは、流石に熱くて嫌になったが」

「……あのな、レフィ。通常の生物は、溶岩流を浴びたら死ぬと思うんだ」

「儂と古龍の爺《じじい》ども以外は悲鳴をあげて逃げておったから、普通の龍には致命傷じゃろうな」

あ、良かった。

古龍種がおかしいだけだったか。

「……全く、ウチの嫁さんが頼もし過ぎて泣けてくるね」

「カカ、嬉《うれ》し泣《な》きじゃろう？　――それよりユキ、見えたぞ」

レフィが指差した先に、俺は顔を向ける。

目を凝らし、遠くへと視線をやると――見えたのは、雲を突き抜ける二つの山脈と、その間に出来た深い深い峡谷。

まるで、何かの生物の顎《あぎと》のようにも見える、巨大な峡谷である。

「あれが……」

「うむ。儂の生まれ故郷――龍の里じゃ」

閑話一　その頃《ころ》のネル

ダンジョンを離れ、一人国に戻っているネルは、その日も仕事を行っていた。

彼女に任されるものの多くは、今までは王都での治安維持活動が基本となり、犯罪者の取り締まり、教会のお偉方の護衛、教区のパトロールなどのみ。

つまり、『勇者』としての戦力を、あまり活用しないような方向での仕事である。

ネルがまだその役職に就いてから日が浅く、言わば勇者の研修状態であったことが理由の一つであったのだが——少し前に上司の女騎士にお願いしてから、彼女にはそれら以外の仕事も多く回されるようになっていた。

現在行っている仕事も、そうである。

「シッ——！」

振り抜かれる、聖剣デュランダル。

煌《きら》めき、同時、血飛沫《ちしぶき》が舞う。

「ギイッ⁉」

「グルルァッ⁉」

悲鳴をあげるのは、二匹の魔物。

ブラッディ・ベアと呼ばれる熊の魔物で、人の味を覚えてしまったがためにここのところ人的被害が多発しており、だが派遣された冒険者や騎士団のことごとくが返り討ちに遭い、長らく討伐されずに周辺の人里へ恐怖をまき散らしていた。

ブラッディ・ベアは、魔境の森の南エリアならば生存出来る程の力を有しており、しかもそれが、一匹のみならず二匹もいたのだ。

どうやら夫婦であるらしく、それが連携して襲ってくるため、生半可な人間の部隊では全く相手にならなかったのである。

だが――その二匹の魔物は今、ネルの一方的な攻撃によって、悲鳴をあげて逃げ惑っていた。

その身体へ次々に斬撃が叩《たた》き込《こ》まれていき、時折思い出したかのように魔物達が行う反撃は、全《すべ》て空振る。

ただの魔物であれば、すでに数度絶命していてもおかしくないため、そのタフさは流石《さすが》といったところであったが、もはや戦いの趨勢《すうせい》は明らかであった。

――戦闘において、基本的に火力重視であるユキとは逆に、ネルは手数を重視している。

スピードで翻弄《ほんろう》し、浅くとも斬撃を無数に加え、相手の体力を削っていくような戦い方だ。

彼女が女であるという生物学的な事情から、男性と比べるとどうしても非力であるため、一撃に重さを乗せての攻撃は自身には難しいという判断からだ。

……と言っても、今の彼女はもう、大半の男性よりも筋力的に強かったりするのだが。

もはや拳《こぶし》で殴れば岩を砕けるくらいの超人具合になっているネルではあるが、しかし魔境の森の魔物達が念頭にある彼女にとって、まだまだ自身の攻撃には威力が足りないと思っており、かと言ってその分攻撃の手数を増やしても、あそこの魔物には浅い斬撃では刃《やいば》が通らず、ダメージが皆無であったりするため、どうしたものかとちょっと悩んでいたりする。

それに関して、彼女の上司の女騎士、カロッタに相談したこともあるのだが、「いや、お前はどこを目指しているんだ……」などと、思わず呆《あき》れられてしまったものである。

「……先代勇者様が強過ぎて、今代の勇者様の実力が不安だって聞いたことがあったが……それを噂《うわさ》していたヤツらは、とんだボンクラだったな。まあ、俺もその一員だったようだが」

「私もですよ、団長」

ネルの戦闘風景を見て、引《ひ》き攣《つ》った笑みを浮かべているのは、彼女の案内係として魔物討伐に随伴していた、騎士団の者達。

彼らは、この地方を守っている騎士団であり、ほぼ全員が地元出身者である。

故に、近隣を荒らし回っている恐怖の魔物の討伐とあって、決死の覚悟すら決めてここまで付いて来ていた彼らだったが……ふたを開けてみれば、それは全くの杞憂《きゆう》であった。

本当に、彼らの仕事は、道案内だけであった。

戦闘においてはもはや出る幕などなく、出来る手助けと言えば邪魔にならないよう距離を取っておくくらいだろう。

――どうしようもなく強い魔物の番《つがい》に、彼らの騎士団の上に立つ貴族が何とかしてくれと国に泣きついた結果、送られてきたのがネルであった。

今代の勇者が少女であるということは知っていたが、思っていた以上に若いというか、可愛《かわい》らしい少女がやって来たことで、騎士団の者達は全員、この戦闘を見るまで内心にかなりの不安があった。

可愛らしいということは、平時ならば良いものかもしれないが、こと戦場においては、屈強なガタイをした強面《こわもて》の方が歓迎されるものだ。

その点、ネルの見た目は屈強とは程遠いものであり、しかもここのところの勇者に関するゴタゴタは彼らもよく知っていたため、本当にこの少女に討伐を任せて大丈夫なのかと、共に討伐へと赴くに当たり命を預けていいのかと、心配で心配で仕方がなかったのである。

実際には、命を預けるまでもなく、戦いの戦力にすらなっておらず、後方で待機しているだけなのだが。

ただ、ネル自身、これだけ戦えるようになったのは、最近のことであったりする。

元々、実力はあった。

仮にも勇者に選ばれるだけのポテンシャルは最初から有しており、故に今までと違っているのは実力ではなく、そこに度胸が備わった、という点である。

敵を極度に怖がったりせず、攻撃から大袈裟《おおげさ》に逃げることもなく、適切に対応出来るようになったことが、彼女がその戦闘技能を飛躍的に伸ばしている理由であった。

「――よし、終わり」

程なくして、ネルの勝利で戦いは終了する。

彼女がビュッとデュランダルの血糊《ちのり》を払うと同時、ズゥンと地に沈む二匹の熊。

おにーさんやリル君達なら、最初の一撃で倒せる相手だったけど、やっぱり僕だとちょっと時間が掛かっちゃうな、なんてことを思いながらネルは、少し離れた位置で待機していた騎士団のもとへと向かう。

「討伐完了しました。確認をお願い出来ますか？」

「……えぇ、了解です」

彼らはすぐにブラッディ・ベアの死骸《しがい》のもとへ向かい、恐る恐る生死の確認を行う。

二匹は、完全に息の根が止まっていた。

「確認しました。お疲れ様です、勇者殿。……申し訳ありません、正直に申しまして、勇者殿の実力を侮っておりました。このような少女を一人送ってきて、国は何を考えているんだ、と。ご寛恕《かんじょ》いただければ、幸いであります」

その言葉と共に、深々と頭を下げる騎士の一人――騎士団長に対し、ネルは聖剣を鞘《さや》にしまいながら、クスリと笑って答える。

「いえ、実際僕もまだまだ、実力不足の面がありますから。一面では仰《おっしゃ》る通りなので、気にしないでください」

「勇者殿に実力不足と仰られてしまうと、我々は騎士を廃業せねばなりませんな……」

「それじゃあ団長、私は田舎《いなか》の畑を耕しに戻りますよ」

「こっちは実家の酒場の手伝いでもするとしましょう」

騎士団長の言葉の後に、騎士団の者達が口々に軽口を言い、笑い声があがる。

「お前達、その辺にしておけ。勇者殿、失礼致しました」

「フフ、いえ、賑《にぎ》やかな方が僕も好きですから。――事前のお約束通り、この魔物の素材は皆様にお渡しします。お好きにお使いください」

「助かります、ここまでの魔力を有した魔物となると、その革も骨も肉も、余すところなく素材として活用出来るでしょうからな」

それから、騎士団長は持って来ていた馬車の一台の中から大きめの巾着《きんちゃく》袋を取り出すと、ネルへと渡す。

「では、勇者殿、こちらを」

「えっと……これは？」

不思議そうな顔をするネルに、騎士団長は答える。

「この魔物に懸けられていた懸賞金であります。お納めください」

「えっ、そ、そんな、困ります！　仕事でやったことですから、受け取れませんよ！」

「いえ、我々にはこれくらいしかお渡し出来るものがありませんから。どうか、お受け取りいただきたい」

断固とした口調で、そう言う騎士団長。

実際、地元を荒らしていた魔物を討伐してくれたことに対する感謝の念は強く、こんな金でしかその思いを伝えられないことに、彼は忸怩《じくじ》たる思いすら胸中に抱いていた。

「……わかりました。ありがたく、受け取らせていただきます」

ネルは懸賞金の袋を受け取り――そしてそれを、そのまま騎士団長へと渡し返す。

「……あの、勇者殿？」

「僕はこのお金を、寄付させていただきます。この魔物が起こした被害の補填《ほてん》に充ててください」

「……よ、よろしいのですか？」

「はい、皆様ならば、このお金をそのままお酒に換えちゃう、なんてことはしないでしょうから。面倒ごとを頼みますが、お願いしますね」

茶目っ気のある顔で、微笑《ほほえ》むネル。

ちなみに彼女としては、こんな大金を貰《もら》ってもなぁ、という思いがあったりする。

ぶっちゃけ、もういらないのだ、金銭は。

決して嫌だったり苦痛だったりした訳ではないが、母親と二人きりで暮らしていた時はやはり貧乏であり、故に勇者となってまともな給金が貰えるようになってからは、かなりそれを大事にしていた頃《ころ》もあったが、今は割とどうでも良くなっている。

というのも、衣食住の全てが揃《そろ》い、何か必要なものがあってもユキがすぐに用意してくれるダンジョンで暮らすようになった彼女は、外のものじゃ満足出来なくなっているのだ。

服に、武器類に、生活雑貨に、身だしなみを整える道具類。

特に一番最後のは、もうダンジョンのもの以外は二度と使いたくないと思っているくらいであり、他のものも、あそこにあるものと比べて数段質が劣っていることをよく知っているため、さして物欲が働かないのだ。

住んでいるところもまた、教会が用意した一室であるため賃料などは全く払っておらず、故に現在の金の使い道は、食事代だけ。

だから、金銭は、彼女にとってほとんどいらないものなのである。

にもかかわらず、恐らくこの地方の自治体が用意したのだろう結構な額の懸賞金を渡されても困るだけであり、大して嬉《うれ》しくもないので、それならば復興費用に充ててもらった方が良心が咎《とが》めない、というのが、正直な本音であった。

善意ではあっても、ほぼ自分の都合で実質的に受け取りを断るネルに、だが騎士団長はそうとは知らず、感じ入った様子で何度も強く頷《うなず》く。

「そうですか……そうですか。わかりました、この金は全《すべ》て、復興費として使わせていただきます。我々一同、勇者殿には心からの感謝を。――総員、敬礼！」

かくして、彼女の行動は偉大なる善行としてその地方に伝わり、酒場で語られ、寝物語に語られる英雄譚《たん》の一つとなる。

教会と勇者の名を高めることとなったその結果に、教会は喜び、だが逆にネルは「いや、実はお金がいらないってだけだったんだけど……」という思いを誰《だれ》にも言えず、ただ苦笑いを浮かべて称賛を受けることとなる。

ダンジョンで暮らすようになり、着実に常識がズレ始めているネルであった――。

第三章　龍の里

──恐ろしい場所だな、あそこは。

遠くから見えていた、顎《あぎと》のような谷に近付くにつれ、そこから発せられる『圧力』の強さを感じられるようになっていく。

この感覚は知っている。

魔境の森で、やベーヤツと遭遇した時に覚える本能的な危機感と同じものだ。

これは多分、というか間違いなく、チラホラと姿が見えるようになってきた龍族達から発せられているのだろうが……その龍族達はというと、だんだんと飛び回っている数が多くなっていき、何だか慌ただしくしているのがここからでもよくわかる。

レフィが近付いて来ていることに気が付いたか。

「ユキ、この先は儂《わし》から離れるなよ。大丈夫じゃとは思うが、万が一があってはならぬ。エン、儂とお主で、しっかり此奴《こやつ》を守ってやるぞ」

『……ん。頑張る』

「わかった、頼む。エンも、ありがとな」

情けなくはあるが……この場所で最も弱いのが俺だ。

大人しく、今回はレフィに守られるとしよう。

エンも、俺はこの子がいないと戦えないからなぁ……己の非力さが虚《むな》しくなってくるぜ。

内心でそんなことを考えながら俺は、担いだエンと共にレフィに付いて飛び――やがて、谷の前に辿《たど》り着《つ》く。

レフィは何もない場所だと言っていたが……確かに人工物、いや龍工物らしきものはほとんど存在しない。

だが、霊峰という言葉がピッタリ来るような、高く屹立《きつりつ》する二つの山脈の間に出来た谷を、丸ごと住処《すみか》として利用しているこの光景だけで、圧倒される凄《すさ》まじいものがある。

とにかく、規模がデカいのだ。

自分達が過ごしやすいようにか、山脈の崖《がけ》をくり抜いた、龍の巨体が丸々入るような洞穴があったり、生活空間らしい平らな足場があったり。

龍工物はほとんどないが、しかし何本ものどでかい柱と一段一段がアホ程高い階段が崖に沿って作られており、奥まで続いている。

何となく……全体的に、神社のような雰囲気のある場所だ。

そして、やはり目につくのは、里に住む龍族達。見渡す限り、全部で百五十くらいだろうか。

その全員からひしひしと視線を感じるものの、誰もこちらに話し掛けようとはしてこない。

彼らの視線に含まれているのは――畏怖《いふ》か。

魔境の森の龍達と大体同じような反応だな。いや、彼らよりもその度合いは強いかもしれない。

「ここが、レフィの生まれ故郷か……」

「うむ。六百年くらいはここで過ごしたかの。その後は、以前お主も会った精霊王の爺《じじい》の仕事を幾らか手伝ったりしながら、色々と飛び回ってここ以外の快適な地を探し、最終的に百年くらい前に魔境の森で過ごすようになった感じじゃな」

「へぇ？　精霊王の仕事の手伝いって、何をやってたんだ？」

「あの爺は、自然界を破壊しかねないような生物の退治を仕事にしておってな。儂の手伝いも、基本的にはそれに関連したものじゃ。冥王死龍の話はしたじゃろう？　彼奴《あやつ》のような阿呆《あほう》を相手にする際に、自身が負けた場合の保険を考え、儂を呼ぶのじゃ」

「ほー、傭兵《ようへい》みたいでなんかカッコいいな」

『……ん。カッコいい』

エンと揃ってそう言うと、レフィは小さく笑う。

「カカ、そうか、格好良いか。お主らがそう言うのであれば、精霊王の爺には感謝せねばならぬな。──こっちじゃ。まず、会うべき者がおる」

勝手知ったる様子のレフィの案内で里の中へと入っていき、数分程。

『これは……懐かしい者が来たものだ』

レフィが降りた先にいたのは──ゆっくりと首を起こし、こちらに顔を向ける、一体の老龍。

少しくすんだ鱗《うろこ》に、ところどころひび割れた爪。

口元からは長い髭《ひげ》が生え、目蓋《まぶた》が垂れており、一目でその生きた年月が窺《うかが》える風体をしているが……その瞳《ひとみ》だけは爛々《らんらん》と輝いており、若々しさもまた感じさせる様子である。

『レフィシオス。久しいの』

「フン、まだ死んでおらんかったか、ローダナス」

老龍の言葉に、さっそく悪態を吐《つ》くレフィ。

だが、彼女の口調にあまり悪意は感じられない。

我が嫁さんにとって、この老龍はそんなに嫌いな相手ではないのだろう。

『フフフ、まだまだ死なんよ。後三千年は生きる。お前さんの方は、以前と比べ随分と縮んでおるのう。流石に儂も、驚いたぞ。ここ千年で一番の驚きだ』

「言うておくが、それは儂がおかしいのではなく、お主らがおかしいんじゃ。お主らは、何もしなさ過ぎる」

『ふむ、それもまた真なるかな。我らの在り方は、確かに変化に乏しい』

と、そう言って老龍は、まじまじと俺の顔を覗《のぞ》き込む。

『して……なるほど。あの愚か者をやったのはそちらの魔王か。てっきり、お前さんがやったのかと思っていたが』

「儂は何もしておらん。全て儂の旦那《だんな》がやった。全く、本当にいい迷惑じゃったぞ。何をしておるのじゃ、お主らは」

『それに関しては、何も言い訳出来ん。迷惑を掛けたようで申し訳なかった。知らぬ間に、里の外の者に唆《そその》かされておったようでな。詳しく話すと長くなる。――しかし、旦那か。まさかお前さんから、そのような言葉が聞ける日が来ようとは』

愉快そうに笑い、老龍は俺に向かって口を開く。

『名前を聞かせてくれぬか、新龍王《りゅうおう》よ。儂は、ローダナス。この里で最も老いた龍である』

名：ローダナス
種族：古代龍《エンシエントドラゴン》
レベル：89?

レベルが890台……それでも、レフィよりは低いのか。

……いや、俺、何でもかんでも自分より強い相手はレフィを比較対象にして見てしまうのだが、多分我が嫁さんの方がおかしいんだろうな。

この老龍も、俺のことなど赤子の手を捻《ひね》るレベルでぶちのめすことが可能だろうし、なんかちょっと、安心してしまったのは良くないだろう。

この里にいる間は、気を張っておかんとな。

「俺はユキだ。よろしく頼む。……あー、一つ聞かせてほしいんだが、ローダナスはどれくらい生きてるんだ？」

『ふむ……あまり覚えてはおらぬが、一番古い記憶で六千年程前のものであろうかの。少なくとも、ヒト種の文明が十度くらい移り変わったことは覚えておるがー……』

古い記憶を呼び覚まそうとしているのか、首を捻ってそう言うローダナス。

六千年……確かにそれは、文明が何度も移り変わりを果たす長さだろう。

それを見てきたとなれば、どこかの文明の文献には、このじーさんのことが書かれていたりするかもしれない。

いつかレフィと、長命種の生きざまについて話したことがあったが……まさしく、生きた伝説か。

『して、お前さん達は、何をしにここへ？』

「今回、色々あって俺が龍王になったから、一度くらいは挨拶《あいさつ》に来た方がいいかと思って訪問させてもらった。後は、レフィ――レフィシオスが俺の嫁さんになったから、その報告も兼ねて、って感じだ」

「うむ。お主らを見返してやろうと思っての。この儂にも夫が出来たのじゃということを、しっかりとわからせてやりたくてな」

『フフフ、そうかそうか……随分と良き様になったな、レフィシオス』

しばしの間、感慨深そうにレフィを見つめ、それからローダナスは言葉を続ける。

『話はわかった。よく帰ったな、レフィシオス。そして、歓迎しよう、新龍王ユキ。まずは……そうじゃのう。新龍王の名を、龍歴に刻み込むことから始めようか』

「――それで結局、ここで何があったんじゃ？　古龍の老骨どもの姿も幾らか見えなくなっているな？　儂の知っておる若い龍も、数が減っておる」

ローダナスに付いてその後ろを飛んでいると、レフィが老龍へと問い掛ける。

『うむ。今は、以前の七割程の龍しかおらぬ。少し前に、一人の赤毛の魔族が里へ現れてな。曰《いわ》く、「我らと共に世界の在り方を変えないか」と。龍の力をアテにしておることが丸わかりであったので、先々代龍王と、我らはその誘いを一蹴《いっしゅう》し、鼻で笑ったものだが……』

赤毛の魔族……覚えが、ある。

以前に争った、悪魔族の頭領ゴジム。ヤツが、赤毛頭だった。

「……なるほど。それで阿呆が唆された、ということか」

レフィの言葉に、しかしローダナスは、首を左右に振る。

『いや、唆す、とは違うかもしれぬな。少なくとも儂には、この世に対し本気で変革を起こそうとする意思を感じられた。愚かな誘いであったことは確かだが、何かしら信念があっての言葉ではあったのだろう』

変革、か。

結局のところ、俺はヤツらが何を望んで動き出し、何を望んで魔界で戦いを始めたのか、ということを知らない。

……まあ、いずれ、それを知る日は来るのだろう。

悪魔族どもの暗躍は、終わっていない。ネルからの情報で、未《いま》だ魔界では対立が続いており、人間達に対するちょっかいも増えているという。

ならばその内、ヤツらと再度対峙《たいじ》する日は来る。

その時を、待つとしよう。

『それで、この里の在り方に不満のある若い衆が、その魔族の言葉に感化されよってな。特に、若い衆の中で最も力のあったギュオーガが強く影響を受けたようで、「偉大な力を持つ龍が世界を統べるべき」「外の世界の者達に龍の力を見せつけるべき」などと言い出すようになってのう』

ギュオーガは、以前に俺がぶっ殺したクソ龍の名だ。

アイツ、あれでも若い龍の中じゃ強い部類だったのか。

分析《アナライズ》スキルで見る限り、この龍の里の龍達も俺より弱いヤツや同等、少し強いくらいのヤツも確かにいることにはいるが……それでも半数以上が、俺より格上である。

多分、まだそんなに強くない龍が、歳《とし》若い龍なのだろう。

『まあ、若き者は突然そんなことを言い出す。もう数十年もすれば、落ち着くだろうと儂らは放っておいたのだが……あの愚か者は、儂らが考えていたよりも随分と野心が強かったらしい。ある夜、ギュオーガは龍王と里の上役以外の立ち入りが禁止されている、禁域へと足を踏み入れた』

その時のことを思い出しているのか、ローダナスは悔恨を感じさせる表情で言葉を続ける。

『その時何があったのかはわからぬ。気が付いた時には、龍王の下へと向かったギュオーガが新たな龍王となっており、中では血まみれの先代龍王が倒れておった。……恐らく、不意を突いて殺したのだろう。仮にも龍王を殺すのに、あの愚か者の実力では無理があったからの』

「何故《なにゆえ》、そこまでわかっておきながら、彼奴を放置したんじゃ」

『儂らが事態を把握した時、もうあの愚か者は里からいなくなっておった。追い掛けることも考えたが……ここで更にギュオーガを殺してしまえば、里を二分しての争いが起こる可能性があった。若い衆と、それ以外の者達での』

……龍族同士の争いか。

それは、恐ろしいな。

『無論、若い衆が束になって掛かっても儂《わし》らには敵《かな》わぬが、しかし同族同士で殺し合いをする愚を犯してはならぬ。それは、種族の滅亡に繋《つな》がる大問題だ。こう言っては言葉が悪いが、極端な話、そうなるくらいならば外の者に滅んでもらった方がまだマシだ。そのせいでお前さん達に迷惑を掛けたのは申し訳ない思いだがの』

ローダナスの言葉に、レフィは何事かを考えるようなそぶりを見せてから、口を開く。

「……里の者が少なくなっておるのは、古龍の老骨どもは面倒ごとを嫌って、若い衆はお主らを嫌って、か」

『うむ。龍の一生は長い。若い衆も年寄衆も、好きにやり、好きに過ごせばいい。それが生きるということ。お前さんのように外に順応し、良き変化をする者もいれば、外に馴染《なじ》めず里に戻って来る者もおるだろう。しかし、その時にこの場所が滅んでいるようでは、我らはどこを故郷として生きれば良いのか』

「……故郷か」

チラリと、そう言ってレフィは俺のことを見る。

コイツが何を思って今俺を見たのかは……わかるかもしれない。

今、俺も、レフィも、恐らくは同じことを思っているだろう。

『……少し、感傷的な話になってしまったな。さ、着いたぞ』

話し込んでいる内に、いつの間にか目的地に辿《たど》り着《つ》いていたらしい。

いつの間にか目の前には、大きな口を開けた洞窟《どうくつ》が広がっていた。

見ると、俺達は飛んで進んでいたため使わなかったが、谷の間にあったデカい階段はこの洞窟へと繋がっていたようだ。

「禁域か……懐かしいの。ユキ、中は少し滑りやすい。気を付けよ」

「お、おう、わかった」

慣れた様子で入っていく二人に続き、俺も中へと進み……すぐに、内部の様子が露《あら》わになる。

――そこは、巨大な祠《ほこら》だった。

洞窟の岩で自然と形成されたらしい武骨な幾本もの柱に、張り巡らされた何本もの注連縄《しめなわ》のような太い縄。

中央奥が一段高くなっており、そこに鎮座する、本殿のような建造物。

陽《ひ》の光は全く届いていないが、中はそこまで暗くない。

何かの魔法なのか、ボワリと淡い光の玉のようなものが幾つか内部に浮かび、朧《おぼろ》げに周囲を照らしているのだ。

神聖な、神の住処《すみか》という言葉がピッタリ来るような場所だが……しかし、中央奥の本殿の中には、何もない。

龍の身体《からだ》の大きさに合わせせられた、ただ巨大で空虚な一室があるだけである。

『新龍王よ。ここが禁域じゃ。遥《はる》か昔から龍王のための住処として使われておる。今日からここは、お前さんだけのものだ。――ま、見ての通り、ほとんど何もないがのう！』

「うむ、こんなのは見栄を張りたいだけの阿呆《あほう》が好む場所じゃ。ユキよ、気に入るでないぞ」

変わらず辛辣《しんらつ》なレフィに俺は苦笑を溢《こぼ》し、それから老龍へと問い掛ける。

「それで、龍歴ってのは？」

『この更に奥にある。これだ』

ロータナスが首を向けたのは、本殿内部の一番奥。

何もない空虚な空間だと思っていたが、中に入ってみると、ロータナスが示した場所に古ぼけた大きな石があることに気が付く。

――石碑である。

俺の背丈の倍程の大きさがあり、そこに表意文字のようなもの――恐らく龍族のものだろう文字で、名前らしき単語が並んでいる。

「これが……」

『うむ。歴代の龍王の名が刻まれた、龍歴である』

全部で、百数十くらいはあるだろう。

龍族の寿命の長さから考えるに、いったい、どれだけの歴史がここには刻まれているのだろうか。

「……これ、初代の龍王とか、どれだけ前の龍なんだ？」

『お前さんが倒した先代と、先々代は早くに代替わりしてしまったが、龍王は大体四千年から五千年で代替わりする。故に、恐らく一番古い龍王《りゅうおう》――始祖の龍王で、六十万年程は昔であろうかのう』

……凄《すさ》まじいな。

多分その頃《ころ》なんて、ヒト種は農耕もまだやっていないのではないだろうか。

……というか、今更だが、龍族からするとまだ生きた年月が千年過ぎたくらいのレフィは、若い方なのだろうか。

スケールがデカ過ぎて、その辺りの感覚が何にもわからんな……。

「レフィ、お前、龍の中じゃ若い方なのか？」

「む？　まあ、比較的若くはあるかもしれんな。古龍――『古代龍《エンシエントドラゴン》』というのは、古代から生きている龍というより、古代に生きた力の強い龍と同等の力を持つ龍という意味じゃからの。儂は、生まれた時から古代龍じゃぞ」

そうか……そう言えばレフィは、里のじーさんばーさん達を表す際に、『古龍』ではなく『古龍の老骨』と言う。

ちょっと意味合いを勘違いしていたが、古代龍というのは力の強さを表す言葉だったのか。

『さ、新龍王よ。歴代龍王の名はここに刻み込むことになっておる。お前さんの名も刻むのだ』

「えーっと……どうやりゃいいんだ？　彫るのか？」

それだと俺、上手《うま》くやれる気がしないんだけど……。

『フフ、いや、流石に彫りはせんで良い。その石碑は記録のための魔具だ。龍王だけに扱うことが可能で、お前さんが魔力を流し込めばそこから情報を読み取り、勝手に名が刻み込まれる』

魔具とは魔道具のことか。

なるほど、そんな簡単でいいんだな。

俺は、並んだ名前の一番下、余白の部分に手を触れる。

……ここに、俺の名前を刻むのか。

石碑から感じられる『重み』に、柄にもなく少し緊張しながら、俺は魔力を練り上げ——と、すぐに石碑は反応を示し、まるで蠢《うごめ》くように俺の名前が刻み込まれる。

『ユキ＝マオウ』

——あれ、なんか、魔王が家名みたいになっちゃったんだけど……。

「うん？　ううん？」

龍歴へ刻まれた文字を前に、俺はえっ、と動きを止める。

「カカカ！　ユキ＝マオウて、お主どれだけ自らが魔王であることを自負しておるんじゃ。今度から魔王ユキ＝マオウと名乗るのか？」

刻まれた文字を見て、愉快そうに笑い声をあげるレフィ。

「い、いや、俺も魔王ってのは気に入ってるけど、別にそんなつもりじゃ……な、なぁ、ローダナス、これどうにかなんないのか？」

『そこに刻まれてしまった以上はどうしようもないのう』

ええ……マジかぁ。

いや、そうだろうとは思ったけどさぁ。

「クックッ、ま、良いのではないか？　家名があった方が威厳を感じられるじゃろう。よし、今日から儂は『レフィシオス＝マオウ』とでも名乗ることにするかの」

「そ、それだったらそれで、もっとちゃんとしたものを考えたかったんだが……お前、魔王じゃないしさ」

「じゃが、魔王であるお主の嫁じゃ。うむ、覇龍レフィシオス＝マオウ……なかなか良いの」

何故か存外に気に入ったらしいレフィが、そう言って満足そうに一つ頷《うなず》く。

「……罪焔《ざいえん》＝マオウ。いい」

と、擬人化はしていたものの、ここまで俺達と手を繋いで大人しくしていたエンもまた、満足そうな様子で呟《つぶや》く。

……あの、何で君達、そんな気に入っている感じなんですかね。

それだったら俺、まだ前世の苗字の方が——いや……もう、前世の名前は関係ないか。

俺は、『ユキ』だ。

それ以上でもそれ以下でもない。

『ふむ……お前さんのような例は、過去にも一度あった。恐らくは同じ現象であろう』

俺達の様子を微笑《ほほえ》ましそうに見ていたローダナスが、再び龍歴の方に顔を向けながらそう言う。

「勝手に違う名前を刻まれたってことか？」

『そうだ。龍歴の中段辺りを見てみよ。ここだ、ここ』

彼が太い前脚で指差した先に、視線を滑らす。

「ええっと……あぁ、その三節の名前か。『ラルレン＝フェルガーダ＝ヒュマノ』、か？」

『うむ。この龍王もまた、お主と同じヒト種——人間の龍王だ』

「へぇ、人間の」

ヒト種の中でも、人間が龍王になったことがあったのか。

それは……すごいな。

『第六十七代龍王、ラルレン＝フェルガーダ＝ヒュマノ。ヒュマノとは、古《いにしえ》の人間の呼び名である。遥か昔、この者は龍と心を通わせ、戦乱の世を戦い抜き、果ては龍王にまで至ったそうだ』

「ふむ……儂も、老骨どもの昔話で聞いたことがあるの。確か、人間達の最古の王であったか」

「最古の王……」

レフィはこくりと頷き、自身もまた思い出すようにしながら言葉を続ける。

「その頃、人間は他種族よりも圧倒的に弱い、虐げられる種であったと聞いておる。今より世界的に魔素が濃く、魔物が強かったせいで、他種族に比べ魔素への順応性が低い人間は、絶滅寸前であったと」

……わからない話でもないな。

現在人間は、他種族よりも頭一つ抜けた勢力を誇っており、今も場所によっては魔族や獣人族を相手に、バリバリ戦争を行っていると聞いている。

亜人族とは比較的交流が多いそうだが、それでも小競り合いは絶えないという話だ。

そんな、割と好き勝手やっているイメージの人間だが――彼らは、種として言えば、弱い。

豊富な魔力や、強靭《きようじん》な肉体を持っていたりする亜人族。

獣の特質を持ち、素の肉体能力が高い獣人族。

これ、といった特徴を挙げることが出来ない程、多種多様な能力を持つ魔族。

それら他のヒト種に比べ、人間は特筆して肉体が強靭な訳でもなければ、魔力が豊富な訳でもない、一段劣った身体能力しか有していないのだ。

ネルのような例外も、中にはいる。

だが、あくまでそれは、例外である。

今より技術もなく、種としての絶対数が少なかったであろう古代では、その身体能力の差が顕著に表れていたのだろう。

……人間が他種族と長い長い戦争を続けている理由ってのは、遡《さかのぼ》ればその辺りにあるのかもしれない。

『だが、人間は滅びなかった。一人の人間が、智謀を以《もっ》て仲間達を纏《まと》め上げ、武を以て脅威と戦い、安寧の地を築き上げたからだ。その人間の傍らには、常に一体の龍が寄り添い、共に生きたという。ちょうど、今のお前さん達のようにな』

……もしかしたら、ソイツも転生者だったり、とかな。

俺という異世界人がいる以上、同じような転生者が存在することは、ありえなくはないだろう。

その転生者らが、地球出身かはわからないけどな。

多分、世界の『距離』というものは、そんなに遠くないのではないだろうか。

前世においても、神隠しなんて言葉があったくらいだ。地球で発生していた行方不明者の内、何人かが異世界に飛んでいたとしても、考えられないことではないだろう。

今の俺は、地球だけが世界ではないということを知っているのだから。

「――って、そんなすげー人間がいたことはわかったけど、それとこの龍歴と、何の関係があるんだ？」

『つまり、龍族でない者が龍王の地位に就くことは、長い龍の歴史を見ても二例しかないということだ。元々龍歴は龍のために造られたもの。故にそれ以外の種族の者の名を刻む際は、種族名もまた刻まれることになっている、と聞いておる。この石碑もまた、儂《わし》らからしても途方もなく昔に造られたものである故、詳しいことはわからぬがな』

「……なるほどな。じゃあこれは、家名というよりは種族名を表している訳か」

「別に、家名にしてしまっても良いと思うがのう。……というか、今更じゃがお主、龍語も読めるのじゃな。お主が持つ『言語翻訳』のスキルによるものか？」

「ん、あぁ……多分そうだな」

確かに龍族の文字、当たり前のように読めてるな、俺。

今まであまり気にしたことはなかったが……転生した時から持っている『言語翻訳』の固有《ユニーク》スキル。

これはこれで、なかったら詰みだったかもしれない。

初めのレフィとの遭遇時に、俺がこのスキルを持っていなかったら、普通にぶっ殺されていた可能性もあるだろう。

「言葉が通じるって大切なことだよなぁ……俺、お前とこうして、話が出来てよかったと心底思うよ。そうじゃなかったら、愛も囁《ささや》けないしな！」

「な、何じゃ急に！　やめんか、外でそういうことを言うのは」

「じゃあ、家でならいいんだな？　やったぜ」

「………………」

ちょっと顔を赤くしたレフィが、照れ隠しからか、無言でパシンと俺の肩を軽く叩《たた》く。可愛《かわい》い。

「……主《あるじ》。今日からエン、『罪焔＝マオウ』って名乗ってもいい？」

「え？　あ、あぁ、いいけどよ。それじゃあ、エンも魔王みたいになっちまうぞ？」

「……ん。かっこいいから、今日からエンも魔王になる。一緒に主と魔王する」

「う、うーん、そうか。それなら、一緒に魔王するか」

「……ん」

一緒に魔王するとは何なのだろうと思わなくもないが、エンがとても嬉《うれ》しそうにしているので、良しということにしておこう。

『フフフ、お前さん達は、本当に仲が良いのう』

そんな俺達を見て、ローダナスは愉快そうに笑った。

◇　◇　◇

――禁域を後にし、次に俺達が訪れたのは、里の広場だという広い空間。

『ほうほう……このヒト種が、新たな龍王とな』

『それも、魔王か。長生きはしてみるものか』

『同感である。それなりに世界を見てきたつもりではあるが、これはまた珍しいこともあったものである』

物珍しそうな様子で俺のことをまじまじと見詰めるのは、多くの龍達。

近くからこちらを覗《のぞ》き込むように見ている者もいれば、遠目に様子を窺《うかが》っている者もいる。

こうして見ていると、龍の一体一体に結構違いがあることがよくわかる。

若い龍か、老いた龍か。

雄か、雌か。

鱗《うろこ》の色艶《いろつや》、肉体の大きさ、牙《きば》の長さ、角の形状などから、それなりに判別がつくのだ。

だがまあ、やっぱりレフィが一番綺麗《きれい》な龍だな。

龍形態の時のレフィからは、神々しさすら感じられたが、ここの龍達からはそれを感じられない。

……圧倒的な強さは感じられるが。

「えー、俺が百三十二代目龍王、ユキだ。どうぞよろしく」

彼らの放つ圧力の強さに、俺は若干引《ひ》き攣《つ》った笑みを浮かべながら挨拶《あいさつ》する。

『うむ、よろしくのう、新龍王《りゅうおう》。――これは、時代の移り目かの』

『番《つがい》がレフィシオスならば、新龍王は数千年は安泰か』

『新たな英雄の誕生だな。面白いものである』

そんなことを、口々に言う龍達。

「英雄ねぇ。つっても俺、アンタらの足元にも及ばない強さしかないけど……」

『いやいや、レフィシオスというじゃじゃ馬を乗りこなしているだけでも、十分英雄と言えるであろう。我らの誰《だれ》も、そこな覇龍には逆らえんからのう』

『そうだな、いつかレフィシオスが暴れた時など、里が半壊したものよ』

「おいお主ら、いらんことを言うとまとめて灰にするぞ」

不機嫌そうにフンとレフィが鼻を鳴らすと、多分龍の中で若い連中がビクッと身体《からだ》を縮こませ、逆に年寄連中はからからと笑う。

『おぉ、怖や怖や。また此奴《こやつ》に暴れられても敵わん、今度こそ里が崩壊してしまうぞ』

『クカカ、長い生の中であそこまで傷を負ったのは生まれて初めてだった。全く、とんだおてんば娘よ』

「よしユキ、用も済んだしさっさと帰るぞ。これ以上ここの阿呆《あほう》どもに付き合うくらいならば、さっさとダンジョンに帰った方が余程マシじゃ」

龍達に揶揄《からか》われ、ぶすっとするレフィに苦笑を溢していると、まあまあと取り成すようにローダナスが口を挟む。

『レフィシオスよ、とりあえず一泊はしていけ。お前さん達も、そのつもりでここに来たのであろう？』

「ま、そうだな。もうちょっと、話を聞いてみたい気はするかな。レフィの過去とか」

「……ん。お姉ちゃんの話、聞いてみたい」

俺とエンが揃《そろ》って言うと、我が嫁さんはなお不機嫌そうなまま、口を開く。

「……フン、仕方がないの。じゃが、長居はせんからな！」


――そうして俺達が一泊することを決めると、彼らは『祝いだ！』『歓迎の宴《うたげ》をせねば！』『ならば酒の準備が必要か！』などと言い、俺達の歓迎の宴が開かれることになったのだが……。

「わかったか、ユキよ。これが古龍の老骨どもじゃ。どうしようもない飲んだくれしかおらん」

「あはは……」

心底呆《あき》れた顔でそう言うレフィに、俺は何とも言えない顔で笑いを溢す。

――龍族達は、いや、龍族の年寄達は、今盛大に酔っ払っていた。

彼らの飲む酒の量が、もう凄《すさ》まじいこと凄まじいこと。

龍族が飲むものだから、当然用意された酒の量もアホ程多く、もう充満するアルコールの匂《にお》いだけで酔いそうである。

というかまず、杯のサイズからして、一般家庭の浴槽三個分くらいの大きさ、というのが大分どうかしている。

龍族としても随分と大きい杯だと思うのだが、それを当たり前のように飲み干し、おかわりを注《つ》いでいるから恐れ入る。

この龍達、歓迎の宴というよりも、まず間違いなく自分らが飲みたいだけだろうな。

ちなみにこの酒は、龍族が一から全《すべ》て造っているものだそうだ。

彼らの長い長い生を活《い》かし、千年や二千年の間寝かせ続けて造っているため、世界でも群を抜いて美味《うま》い酒なのだと自慢していた。

また、その酒造りのほとんどの工程で魔法を使っているがために、液体に魔力が豊富に含まれており、半ばマナポーションみたいな役割も果たせるそうだ。

『どうじゃ龍王、この里で造る龍酒は。外の世界じゃあ、神酒《みき》として扱われている程の高級品じゃぜ？』

そう話し掛けてくるのは、年寄衆の一人である、ランバという名の龍。

ゴツい岩のような鱗を持っており、一見すると岩山のようにすら見える。

ちなみにこの龍も、レベルは６００台と俺よりも圧倒的に強い。

「あぁ、美味いな。土産《みやげ》に貰《もら》っていきたいくらいだ」

『良いぞ良いぞ、後で好きなだけ持っていけ』

器用に前脚で持った杯を呷《あお》り、上機嫌そうにグラグラと笑うランバ。

魔力が多く含まれたものは美味いというのがこの世界の常識なのだが、確かにこの酒も、他とは比べ物にならないくらい美味い。

仄《ほの》かな甘さのあるまろやかな味で、度数が高めに感じる割にとても飲みやすく、彼が外じゃ高級品と言っているように、多分出すところに出せばとんでもない値段が付くのは間違いなさそうだ。

だが、一つだけ言わせてほしい。

流石に龍サイズの杯を渡されても、飲み切れません。

俺、この魔王の身体のおかげで酒が強い方ではあるが、全身がすっぽり入るくらいの大きさの杯になみなみ注がれたら、物理的に飲み切れません。

「……レフィ、頼む。これ、一緒に飲んでくれないか」

「そうじゃな、これは儂ら二人で飲むとしようか。まあ、無理して全て飲む必要もなかろう。曲がりなりにもお主を歓迎する宴じゃからの。――ローダナス。儂らは二人で飲むから、この杯はお主が飲め」

『む？　良いのか？』

「この身体では、飲める酒の量は旦那《だんな》と変わらん。こんな量はとても飲み切れんから、儂の分はお主にくれてやる」

『おぉ、そうか。お前さんがそう言うのであれば、いただこう』

すげー嬉しそうにするローダナスに、レフィはまだ口を付けていなかった杯を押し付ける。

……以前、龍族は皆大酒飲みだという話をレフィに聞いたことがあったが、その通りだったな。

と、何を思ったのか、レフィはふとニヤリと笑みを浮かべると、胡坐《あぐら》を掻《か》く俺の膝《ひざ》の上にいそいそと上り、その間に身体をすっぽりと収め、背中をこちらに預けてくる。

密着する彼女の肌から感じられる体温が、心地《ここち》良い。

「お、おい、何だよ」

「気分じゃ、気分。嫌か？」

蠱惑《こわく》的な笑みと共に、俺を見上げる我が嫁さん。

当然嫌な訳がないので、俺は苦笑を浮かべ、彼女の胴辺りに後ろから腕を回し、軽く抱き締める。

「お前は意外と、甘え上手だよな」

ネルは二人きりの時はともかく、人目のあるところだと恥ずかしがってあまりくっ付いてこようとはしないし、リューはそれよりもふざける方が好きだし。

対してレフィは、俺の方からやると照れることも多いのだが、自分がそうしたい時には他者の目があろうが全く気にせず、自身の好きなように振る舞うことが多い。

流石《さすが》、覇龍様という自由さである。

「何を言う。お主が甘えられるのが好きなのじゃ。だから、儂は旦那の意を汲《く》んで、そのように振る舞ってやっておる訳じゃの」

「ハハ、ま、そうだな。お前らに甘えられるのは、気分が良いよ」

「……？　じゃあ、エンもいっぱい甘えていい？」

と、俺達の隣で、酒の代わりに甘酒のようなものを貰って可愛《かわい》らしくチビチビと飲んでいたエンが、こちらに顔を向ける。

ちなみに彼女のコップは、俺がアイテムボックスから取り出したものを使っているので、普通のサイズである。

俺も、最初から自分のコップを使えば良かったぜ……『今準備するから、お前さん達は待っておれ』と言われ、気が付いた時にはこのクソデカ杯を用意されていたからな。

「おう、勿論《もちろん》だ。エンの好きな時に、好きなだけ甘えてくれていいんだぞ。な、レフィ」

「うむ、儂《わし》にも好きなだけ甘えて良いぞ、エン。此奴が甘えてきたら気持ち悪いから殴るが、お主ならばいくらでも甘えさせてやる」

「レフィさん、言っていることが大分理不尽じゃないですかね」

「……やったぁ」

そう言うなりエンは、コップを置いて身体を横たえ、俺とレフィの膝に頭を乗せる。

あまり表情を変化させない彼女だが、それでも一目でわかるくらい嬉しそうである。可愛《かわい》い。

『……しかし、しばらく見ぬ間に随分と変わっておるなぁ、レフィシオス。まさかお前が、番を持つ日が来るとは。この世は面白いものよ』

また別の龍、ヴェラダナスという龍が、こちらを興味深そうに見ながら言葉を掛けてくる。

里では真ん中くらいの歳《とし》で――と言っても、龍族の感覚でだが――、現在千六百歳辺りだという話だ。

それにしても、レフィの昔の知り合いは、会うヤツ全員「随分変わった」って言うよな。

正直、コイツは初めて会った時からこんな感じだったと思うのだが、以前はそんなに尖《とが》っていたのだろうか。

「そうじゃ、世界とは面白いぞ。お主らもいつまでも里に籠《こも》っておらんで、外に出るがよい」

『フッフッ、考えておこう』

「なぁ、一つ聞きたいんだが、昔のレフィってそんなに尖ってたのか？」

そう問い掛けると、ヴェラダナスは懐かしむようにコクリと頷《うなず》く。

『うむ。生まれつき力があり、里で最も力のある古龍の爺《じい》様達から次期龍王を期待されていたのだが、お前のところの妻は束縛されるのを嫌ってな。俺の知る限りでも、よく暴れていたものよ』

「ヴェラダナス。あまり余計なことを言うたら、お主の口を耳元まで裂くぞ」

『おっと、お前の妻が怖いから、これ以上はやめておこう』

「……レフィさん、私、あなたの話が聞きたくて一泊したいって言ったんですけど」

「儂の話ならば儂がしてやる故、この阿呆どもに聞く必要はないぞ」

全く態度を変えようとしないレフィを見て、ヴェラダナスが愉快そうに笑う。

『ふははは、お前も大変だな、龍王！』

そんな彼に俺は、肯定でも否定でもない曖昧《あいまい》な笑みを浮かべ、杯を呷った。

――その後、しばし挨拶を交わしたり酒を酌み交わしたり、大酒飲みの龍族達に呆れたり笑ったりしながら、宴《うたげ》を過ごしていた時。

『龍王よ。一つ、聞いてもらいたい』

「ん、何だ？」

話し掛けてきたのは、里で最も老いた龍、ローダナス。

俺が聞き返すと、彼は酒に酔った赤ら顔ながらも、少し真面目《まじめ》な顔――龍族なのでそこまで表情の差異がわかる訳ではないが――になり、言葉を続ける。

『今後、もし里の外で龍族の若い者を見かけることがあれば――そしてその者が暴れているようならば、少し、声を掛けてやってほしい』

「？　声を掛ける？」

『うむ。お前さんの出来る範囲でいい。あまり、外界の者達に迷惑を掛けるな、とな。龍王であるお前さんの言葉ならば、彼奴らも耳を傾けるであろう』

彼の言葉に、俺達に身体《からだ》を預けて眠ってしまったエンの頭を撫《な》で、機嫌良さそうにしていたレフィがス、と鋭くさせた視線をローダナスへと向ける。

「勝手なことを言うでないわ。そのような面倒ごと、お主らがやれば良いじゃろう。何故《なにゆえ》儂の旦那がお主らの尻拭《しりぬぐ》いをせねばならん」

『うむ、尤《もっと》もな言葉である。故にこれは、老龍の戯言《たわごと》として聞き流してもらって構わぬ』

レフィはなおも言いたいことがありそうな様子だったが、しかし俺は彼女の肩をポンと叩《たた》いて止め、彼に向かって言葉を返す。

「とりあえず、どういうことなのか教えてくれ」

『感謝する』

小さく頭を下げてから、ローダナスは話し始めた。

『そうじゃのう……まずは、この里の問題について話そう。儂ら古龍の年寄衆と、古龍にまで至っていない若い衆には、少し確執がある』

「確執？」

『うむ。儂ら年寄が日々に安寧を求め、逆に若い衆は日々に変化を求めるという、差異から来る確執だ。若い衆はこの里の在り方に不満を持ち、その原因である儂らに反発する。若い衆の皆《みな》がそうという訳ではないが……我慢ならなくなった者は、この里から出て行ってしまうのだ』

「……なるほどな」

言っていることは、わかる。

それは別に、龍族に限らずとも、似たようなものだろう。

勿論例外はいるだろうが、基本的な在り方として、老いた者は安寧を求め、若者は刺激を求めるものだ。

だが――龍族と他の種族の決定的に違う点としては、龍族は歳を取るにつれ強くなる、ということだ。

この世界の長命種は、生きた月日に比例して肉体がどんどん魔素に順応していくため、強くなっていくのだ。

龍族の年寄衆は『古代龍《エンシエントドラゴン》』ばかりであるそうだが、それが理由だとレフィから聞いている。

元々『アークデーモン』だった俺が『魔王』へと種族進化したように、別の種族の龍だったところを、魔素に順応することで種族進化し、古代龍へと至るのだそうだ。

レフィが龍族の中でも圧倒的な、圧倒的過ぎる強者である理由は、彼女だけ生まれた時から古代龍であるからで、つまり元々魔素との親和性が非常に高い肉体を持っているため、そこから際限なく魔素に順応していったが故に現在の強さになっている訳だ。

要するに何が言いたいのかと言うと、この里を動かす力を、強者である年寄衆が実質的に握っているのだろうということだ。

だからこそ、外に意識が向いている若い衆と、内に意識が向いている年寄衆という二者の内、自然と彼らの在り方が後者に決まってしまう。

別に、年寄衆が何かを強制したりしている訳ではないのだろうが……それでも若いヤツらは、不満を覚えるのだろう。

龍族がどうのというより、長命種故の問題か。

『レフィシオスのように、理《ことわり》を内に宿して外へと出るのならば別に良いのだ。好きなことをし、好きなように生きれば良い。だが今回、多くの若い衆が里から出てしまい、その中で数体心配な者がおることも事実でな。特に、ギュオーガと親しかった者達に、他種族を見下す傾向があってのう』

いつかのクソ龍の一派か……迷惑なもんだ。

思い通りにならなかった世界から、何でも自分の思い通りに出来る世界に出たことで、力に酔い痴《し》れ暴れまくる、と。

確かにありそうな話である。

「アンタらが、その心配なヤツらを自分達で連れ戻さないのは……昼間に言っていた、龍族という種全体の危機に繋《つな》がるから、か」

『うむ。加え、我らが外に出て連れ戻すとなると、恐らく戦闘になる。龍族が暴れると、文明が簡単に滅び去る。我らは手加減が出来んからな。実際幾度か、それが原因で滅んだ文明も存在する。そのような力は、簡単に振るうべきではないじゃろう』

お、おう……確かに、レフィも最初は力の加減に四苦八苦して、無数の皿を割っていたな。今も時折やるし。

手加減出来ない龍族が暴れたら、そりゃあ、ヒト種なんてひとたまりもないだろう。

古代龍なんて、生物型核兵器みたいなもんだ。それはもう簡単に死の大地を生み出すことが出来るのだろう。

「……話はわかったよ。けど、言っておくが俺はアンタらと比べると大分弱い。悪いが自分の命を懸けてまで他者のために尽くすつもりは俺にはないぞ」

俺は聖者じゃなければ、ネルのような他人のために戦える勇者でもない。

俺は俺のためだけに命を張る。知らんヤツのために自分の命をなげうつつもりは毛頭ないのだ。

龍王《りゅうおう》だからと言って、龍族の全員が全員、俺の言葉を無条件に聞く訳ではないだろうし、そんな危険な役目は御免被りたいのが本音である。

『それは理解しておる。実際、出て行った若い衆の中には気性の荒い者も多い。――故に、これをやろう』

そう言ってローダナスは、突如空間に亀裂を生み出し――アイテムボックスらしきものを開き、その中から取り出したものを俺に手渡す。

「これは……槍《やり》、か？」

ローダナスに渡されたのは、黒一色の、材質が何かわからない槍らしき武器。

単一の素材を加工することで出来ているようで、一見すると杖《つえ》のようにも見える程飾り気が少ない。

金属っぽくはあるが、しかし光沢はなく、どことなく木材っぽい滑らかな感触だ。

……これは、もしかして、骨だろうか？

『その槍は、神の骨を加工して造られたと言われておる「神槍《しんそう》」だ。少し前に話した、人間の龍王、ラルレン＝フェルガーダが使っておったものらしい。一度《ひとたび》振るえば、天が啼《な》き、大地が震え、海を割ると龍族の伝承に残っておる』

神槍：？？？
品質：？？？

分析《アナライズ》スキルを発動してみたが、何もわからない。

わかるのは、この槍が何か異様な存在感を放っている、ということだけだ。

「レフィ、これ、何かわかるか？」

「いや……儂の分析でも何もわからぬ。ユキ、この槍は……凄《すさ》まじいぞ」

険しい表情を浮かべ、そう答えるレフィ。

ということは、実質この世界の誰《だれ》も、これが何なのか理解出来ないということか。

……神の槍ね。

その名前に現実味が出て来たじゃないか。

『人間の龍王ラルレンは、その槍を用いて龍族を従え、世に平定を齎《もたら》したらしい。儂らにはその槍は使えぬが、お主ならば有効に使えるであろう。龍族の秘宝の一つである故、大事にしてくれ』

「……そんなもの、貰《もら》っちまっていいのか？　俺はありがたいが……」

いや、あんまりありがたくもないかもしれない。

だって何か……この槍、恐ろしいし。

安易に振るったりしたら、祟《たた》られたりとかしないだろうか。

『構わぬ。その槍と共に、ラルレンの言葉が伝わっておってな。「後世にヒト種の身でありながら龍王になってしまった苦労人がいるのならば、この槍を渡すように」、という言葉だ。つまり、お前さんのことじゃの』

そりゃあ、後輩思いの龍王もいたものだが……正直、こんなものを貰っても、扱い切れんぞ。

引《ひ》き攣《つ》った顔で受けとった神槍を見ていた俺は、別の武器を持っているところをエンに見られると彼女が拗《す》ねるので、とりあえずアイテムボックスにしまう。

「……ま、わかったよ。別に望んだ訳じゃあないが、今の龍王は俺だからな。出来る限りで気に留めておくよ。けど、過大に期待するなよ？　何度も言うようだけど、俺、龍族みたいな強さは持ってないんだからな？」

『いや、それでいい。龍王よ、この老骨の言葉を聞き入れてくれて、心より感謝する』

そう言ってローダナスは、深々と俺に向かって頭を下げた。

◇　◇　◇

翌日。

『もう行くのか。外の者は変わらずせっかちなことだ』

『もう三年くらいはゆっくりすれば良いのにのう』

長命種らしい感覚で物を言う龍族達に、俺は苦笑を浮かべながら言葉を返す。

「気持ちは嬉《うれ》しいが、ヒト種はそんなに気が長くないんだ。ま、みんな長命種なんだ、またその内、機会があったらこっちに遊びに来るよ」

俺の言葉に、コクリと頷くのは、ローダナス。

『うむ、また来るが良い。ここの里の長《おさ》は、今はお前さんなのでな。儂《わし》らはいつでもお前さん達を歓迎しよう』

「そうじゃな、お主ら年寄が全員くたばった頃《ころ》にでも、もう一度来るとしよう」

『フフフ、あぁ、それで構わぬ。龍王と共に覇龍であるお前さんが来るなら、その時の龍族達も喜ぶであろう』

レフィの悪態にも、余裕の表情で言葉を返すローダナス。

精霊王の時もそうだったが……この世界だと、レフィを子供扱い出来るヤツが結構いるんだよな。

久しぶりに感じるが、相変わらず凄《すご》い世界だ……。

「それじゃあ、俺達は行くよ。世話になった」

「次来る時までに、お主らはもっと外に目を向けることじゃな」

「……ばいばい」

『うむ、待っておるぞ』

そして俺達は、龍族達に見送られながら、龍の里を後にした。


「――あれだな、結局龍族達にとって龍王ってのは、ヒト種の『王』とは大分意味合いが違って、『支配者』というより『象徴』みたいなもんなんだな」

「ふむ、儂はあまりヒト種の社会には詳しくないが、確かに龍王というものは、龍族の支配者、とはちと違うものじゃの」

いなくてはならない存在だが、龍王のみが全《すべ》てを決定する訳ではない、象徴のような地位。

種の上に立つ王という存在ではあっても、俺が会ったことのある人間の国の王や魔界の王のような、権力者ではないということだ。

いや……俺みたいなのが龍王になっても、龍族達が特に反発せず言葉を聞いてくれたことから察するに、この地位に一定の力があり、龍族達にとって頂《いただ》くべき存在であることは間違いないのだろうが、それが全てではないということだ。

あの里に行ってよく感じたことだが、龍族の社会は、何十万年という長命種にとっても長い長い時間を掛けて種が続いてきたため、ヒト種の社会よりも群を抜いて成熟《せいじゅく》しているのだろう。

成熟した社会は、日々に余裕が生まれるため、命を賭《と》した闘争が減る。

闘争が減れば、自然と温和な者が多くなる。

温和な者が多くなれば、その社会は競争が少なくなり、穏当なものになる。

その在り方は、確かに少し退屈なものだろうし、レフィが龍の里を『停滞した場所』と呼び、龍族の若い衆が多く離れてしまったのもわかる話だが……もしかすると彼らの社会は、この世界で最も発達していると言えるのではないだろうか。

「それでも、お前は『龍王になれ』って言われて、嫌がって暴れたんだろ？」

「当たり前じゃ。何が悲しくてそんなものにならねばならん。立場には少なからず責任が生じる。それを、全くその気もないのに背負わされるのは我慢ならん」

それもそうか。

俺はなし崩し的に龍王となってしまった訳だが、そうじゃなかったら、確かにやりたいとは思わない。

「それにの。お主はそれなりに仲良うやっておったが、儂は今でもあの場所が嫌いだし、龍王だからと言うて、お主に自分達の尻拭《しりぬぐ》いをさせようとする魂胆も気に入らん」

「あー……言いたいことはわかるが、彼らも色々考えてそうしたんだろ。別に、自分達が面倒だからって俺にあんな話をした訳じゃないだろうさ」

先々代龍王が殺されたとて、大して動かなかった古龍の年寄達だが、それは自分らが対処に動くと、それだけで世が荒れると理解していたからだろう。

多分、若い衆の中でも気性の荒いのが仮に暴れていた場合と、古龍連中がそれを連れ戻しに行った際に起きるいざこざの被害の程度差を考え、後者の方が龍の里でも外界でも色々とヒドいことになると考えたのではないだろうか。

自分達は手加減出来ないとも、龍族の戦闘で文明が簡単に滅びるとも言っていたしな。

それに……もしかすると、社会経験でも積ませたいのかもしれない。若い衆に。

他種族にとっては迷惑千万な話ではあるが、閉鎖的な里の中で一生を過ごすよりは、外に出た方が色々と成長するだろうことは間違いのない話だ。

だが、完全に放置する訳にもいかないので、俺にも協力をお願いした、といった感じじゃないだろうか。

と、そんな感じの話をすると、レフィは少し不満そうな顔で俺を見る。

「何じゃ、嫌に彼奴らの肩を持つではないか。そんなにあの場所が気に入ったのならば、龍族の里の子になってしまえばよいではないか！」

『……だめ』

「いや、お前はわがままな子供を持ったどこかのお母さんか。エンも、俺はどこの子にもならないから大丈夫だぞ」

俺は苦笑を溢し、心配そうな念を送ってきたエンの柄《つか》をポンポンと撫《な》でる。

「……フン、まあ良いわ。それで、あの槍の効果を確認するつもりなんじゃろう？　見ていてやるから、早く済ませて帰るぞ」

「了解、そうしよう」

——現在はまだ、ダンジョンには帰っておらず、龍の里付近の秘境である。

ロータナスに渡された槍、『神槍』。

どんな力を持っているのかわからず、ちょっと恐ろしいので、向こうに戻る前にその辺りを確認しておきたかったのだ。

今はレフィもいるし、仮にヤバい事態になってもどうにかしてくれることだろう。

アイテムボックスから神槍を取り出すと、俺が反対の手に握っていたエンが擬人化し、むむむ、と唸《うな》る。

「……む。確かに強そう。主の武器に相応《ふさわ》しいか、エンが見定める」

「あぁ、頼むぜ。多分こういうのは、レフィとエンの方がよくわかるだろうしな」

まずは……普通に突きでもしてみるか。

エンの本体をレフィに渡した俺は、とりあえず普通に神槍を構え、突きを放ち——。

「フッ！」

「…………」

「…………」

——が、何も起きない。

「……何も起きないな」

「ふむ、特に魔力などに変化は感じなかったの。空突きじゃ駄目なのではないか？」

「的がいるってことか？　よし、それなら……」

次に俺は、近くに生えていた木に向かって突きを繰り出し――普通に、槍《やり》の切っ先が木に刺さる。

「……何も起きないな」

「……何も起きんの」

しかも、俺が槍なんか扱ったことがないからか、ちょっとしか突き刺さらなかった。

これなら、普通のナイフとかの方が攻撃力が高そうだ。

この槍からは、確かに龍族やレフィが放つような圧力を感じるので、何にもないということはないと思うのだが……。

そう、レフィと共に首を捻《ひね》っていると、エンがポツリと呟《つぶや》く。

「……主、魔力を流す」

「魔力？　これにってことか？」

「……ん。魔力を流すと、能力を発揮する。多分」

コクリと頷《うなず》くエン。

なるほど、魔道具みたいなものなのか。

言われた通り、俺は神槍に魔力を流し込み始め――変化は、すぐに訪れた。

「おわぁっ⁉」

俺の魔力を濁流のような勢いで吸い上げ、見ている目の前でグングンと長く太くなる槍。

俺の全魔力の半分を吸い上げたところで変化は終わったが……なんか、外見がすんごい変わっていた。

ただ武骨なだけだった骨製の槍だったのに、魔力で出来ているのか房などの美麗な飾りが生まれ、元の大きさより二回りも三回りも大きくなった刃《やいば》部分などは、何やら透明な刃みたいなものも薄く纏《まと》っている。

槍というより、薙刀《なぎなた》のようなフォルムだ。

恐らくこっちが、この槍の真の姿なのだろう。

「な、なあレフィ、大丈夫か、これ？　もうなんか、握っているだけで大分恐怖を感じるんだが……」

魔力を流し込んだことで、この槍が放ち始めた莫大《ばくだい》な圧力に、握っているだけで冷や汗がダラダラと流れ始める。

「……とりあえず、何があってもお主のことは守ってやるから、一度振るってみるがよい」

「あ、あぁ」

俺は大分ビビりながらも、姿が一変した槍を構え、先程と同じように突きを放ち――瞬間、消滅した。

貫通したとか、破壊したとかではない。

その言葉通り、消滅である。

まるで、最初から何も存在していなかったかのように、神槍で突きを放った先の木が大きく刃の形に抉《えぐ》り取られている。恐らく刃の先から、真空波のようなものが放たれたのだろう。

確認してみると……消滅が及んだのは、十五メートル程先までか。

「……俺、軽く突き出しただけなんだけど」

今の感じだと多分、思い切り突けばもっと先まで消滅の範囲が伸びるんじゃないだろうか。

この槍で薙《な》ぎ払《はら》いとかやったら、辺り一帯が簡単に消し飛ぶ気がする。

「……恐ろしいのう。その槍ならば、儂の鱗《うろこ》も簡単に貫通するじゃろうな」

「レフィの鱗もか……」

つまり、この槍を防げるものはこの世に存在しないということではないだろうか。

それに……多分だがコイツ、まだ何か能力があると思われる。

エンのように、意思がある訳ではないだろう。

だが、握ったこの槍からは、無機質で、おぞましく、飲み込まれてしまいそうな『何か』が俺に伝わってきている。

その『何か』が何なのかは、全くわからないが……。

「……むぅ。エンより強い」

ちょっと悔しそうなエンに、しかしレフィはいつもより険しい表情で彼女を窘《たしな》める。

「エンよ。これを目指してはいかん。こんなものは、断じて強さなどではない。ユキ、お主もこの槍はあまり使うでないぞ」

「あぁ……同感だ。お前がいない、俺の命もヤバい、って時以外は、アイテムボックスから出さんようにするよ」

この槍が、ヤバいくらい強いことは間違いないだろう。

だが、この槍を振るった時、ふと俺の脳裏に浮かんだのは『深淵《しんえん》を覗《のぞ》く時、深淵もまたこちらを覗いているのだ』という前世の有名な一節だった。

コイツは、安易に振るうべき武器ではないのだ。

「うむ、そうせよ。……全く、ローダナスめ。とんでもないものを渡してきよって」

「これを自在に振るえたら、そりゃあ龍族なんかとも対等に戦えるかもしれんが……恐ろし過ぎるな」

コイツの以前の所持者である最古の人間の王は、多分自在にコイツを振るえたからこそ偉業を為《な》せたのだろうが、俺には無理そうだ。

というか、そもそもこれを使わなきゃいけない程切羽詰まってもいないしな。

俺にはエンがいる。

それ以外の武器は、全《すべ》ておまけでいい。

まだその性能の全てを確認した訳ではないが、とにかくコイツがヤバいということを理解したので、すぐにもう一度アイテムボックスの中へとしまう。

「フゥ……やっぱり先に確認しといて良かった。何も知らずに使ったりなんかしていたら、大事故もあり得たぞ……」

んの」

「お主が射程を理解せずに薙ぎ払いなぞをして、ペット達が真っ二つになる未来はあったかもしれんの」

「本当にな。――よし、それじゃあ確認も終わったことだし、家に帰るか。なんかドッと疲れちまったから、帰ってゆっくり風呂《ふろ》に入りたいところだ」

「……ん。滝温泉、とても気持ち良い」

「あれは良いものじゃのう。確か、ネルのおかげで得られたんじゃったか」

「そうそう。あれだけゆったりと入れるサイズの湯舟があると、風呂に入るのが毎日楽しいよな」

「……お風呂は、素晴らしい。イルーナ達と入ると、とても楽しい。あ、主とお姉ちゃんの身体《からだ》、帰ったら洗ってあげる」

「カカ、そうか、楽しみじゃのう。ならばお主の身体は儂《わし》らが洗ってやろうか」

そう会話を交わしながら俺達は、ダンジョン帰還装置を起動した――。

閑話二　その頃《ころ》のダンジョン

ユキとレフィ、そしてエンの三人が龍の里で歓待を受けている頃。

居間である真・玉座の間にて、リューとレイラは、昼食を食べていた。

「いやぁ、レイラと二人だけでご飯っていうのも、珍しいっすねぇ。まあ、かと言って、特に新鮮さがある訳じゃないんすけど」

「あなたとは、本当に四六時中一緒にいますからねー。多分、私の友人の中ではもう、あなたと過ごす時間が一番長くなっていますよー」

ダンジョンに残っている幼女達、イルーナ、シィの二人はすでに食べ終え、レイス娘達と共に外へ遊びに行っており、故に今は二人だけであった。

「それはウチもっすよ。……というか、里では同年代の女の子がいなかったし、男の子は数人いたっすけど、みんな婚約者候補みたいな感じで、かなり窮屈で楽しくなかったっすから。……うっ、思い出したら何だか、悲しくなってきたっす」

過去を思い出し、ズーンとちょっと沈んだ顔になるリューに、レイラは笑って言葉を掛ける。

「フフ、でも今は、魔王様がいらっしゃるじゃないですかー。リュー、魔王様と共にいる時、とっても楽しそうで、嬉《うれ》しそうな顔をしていますよー？」

「……ウチ、故郷のみんなには悪いっすけど、テキトーに里の掟《おきて》に従って生きなくて、本当に良かったっす。そうじゃなかったらって思うと、今では恐怖を覚えるくらいっすね……」

「それは、私も同じですねー。迷宮という未知に出会えていなかったら、今頃世界中を放浪し続けて、そして死んでいる可能性すらありますからねー」

「……そう言えば今更っすけど、レイラは学者として何を目指してるんすか？　勿論《もちろん》、単純に知的好奇心を満たしたくて、という理由があるのは知ってるっすけど、でも学者である以上何かしらの目標は定めるものだと思うっすから。レイラもそういうものがあるんじゃないっすか？」

レイラの根源とも言うべき部分に対する問いかけに、彼女は一切悩んだ様子もなく、すぐに答える。

外では、自身に知識を授けてくれた師以外には一切話していない、自らの思いを。

「私は、世界の真理を一つ、解き明かしてみたいのですよー」

「世界の真理……？」

「はい、例えば『ヒト種は何故《なぜ》生まれたのか』、『魔力とはいったい何なのか』、『世界はどうやって作られたのか』などという、神の領域として扱われ、禁忌として触れられて来なかった根源的な問いを、解き明かしてみたいのですー。……こんなことを言っていると、いつか宗教家に刺されそうですがー」

いつもは理知的で、非常に大人な雰囲気のある羊角の少女が、まるで幼女達のように瞳《ひとみ》を輝かせ、ワクワクを隠せない様子で語るのを見て、リューは微笑《ほほえ》ましさからクスリと笑みを溢す。

「まあ、ダンジョンにいる間はいいんじゃないっすか？　ここのみんなで、宗教と関係があるのはネルだけっすし、ネルのところの神様はかなり寛容みたいっすし。——そうっすか、レイラはそんな壮大なことを考えていたんすねぇ」

「ここにいると、それが解き明かせそうではあるんですよー。魔王様は、迷宮の力を用いて新たな領域を生み出し、そして新たな命を生み出すことが可能ですー。それは、見方によっては『神の御《み》業《わざ》』と言ってしまっても良いものだと思うのですー」

「……確かに、シィちゃん、レイちゃん、ルイちゃん、ローちゃん、そしてここのペットの子達を生み出したのはご主人だし、青空の見える草原エリアも最初はなかった訳っすからね。考えてみれば、すごい不思議っす。……うっ、レイラじゃないっすけど、何だかウチもちょっと気になってきたっす。この気持ちが知的好奇心ってものなんすかね？」

「おおー、いいですねー！　今、リューの学者への道が開けましたよー」

レイラの言葉に、リューは苦笑を溢《こぼ》す。

「あはは……けどウチ、頭が良くないから、レイラみたいになるのは無理っすよ。せいぜい、何だろうって思うくらいで」

「……物覚えが悪い訳じゃないですし、私はあなたの頭が良くないと思ったことは一度もないのですがー……まあ、ただ、その気持ちを大事にしておくと、日々がもっと楽しくなるだろうことは間違いないと思いますよー？」

「そうっすね……ウチももうちょっと、毎日の発見や気になったことを、大事にしてみるっす。

――頭の良さの話で思ったんすけど、ご主人、自分のことを言う時『俺は大して頭が良くないからアレだが』って言うことあるっすけど、あの人かなり賢いし、学もあるっすよね？」

「確かに、頭の回転は速い方だと私も思いますねー。知識に関しては、私の里の大生相当といったところでしょうかー。……何でも、前世で学んだ、と仰《おつしや》っていましたがー」

「それそれ！　今までご主人に対して不思議に思うことは多くあったっすけど、事も無げに『え？　あぁ俺、実はこの世界出身じゃないんだ』なんて言われた時は、本当にビックリしたっすよ。もう、衝撃的って感じで」

レフィはとうに知っていた、ユキの前世。

ここの皆が相手ならば殊更に隠す必要もないかと、彼はダンジョンの大人組にはすでに、自身が別の世界で生まれ、一度死んでからこちらの世界にやって来たことを明かしていた。

ここにある見慣れぬ道具などは、大体が前世に存在したものであり、自身の知識も多くが前世で学んだものである、と。

好奇心を大いに刺激されたレイラや、単純にユキのことが気になる他の大人組に質問攻めにされたが、それも想定の範囲内であったため、笑って自身の知ることをほぼ全て話していた。

「……私達が知る『世界』というものは、本当にごく一部だったようですねー。ここにいなければ、この世が幾つも存在するとは思いも寄らなかったですよー」

「もう、そこまで来るとウチには、何が何だかわからないっすねぇ……改めて、すごいところに来ちゃったって思うばかりっす」

「これだけ特異な場所は、多分世界のどこにもないでしょうからねー」

と、そうして談笑を続けていた時、ガチャリと外と繋《つな》がる唯一の扉が開き、遊びに行ったはずのイルーナとシィが戻ってくる。

「あれ、どうしたっすか、二人とも――って、イルーナちゃん、ビショビショじゃないっすか！」

「あらあら、もしや川で転んでしまいましたかー？」

「そうなの、イルーナ、ころんじゃったの」

「どぼーんってしちゃった。だから、着替えようと思って」

ちょっとバツが悪そうに「えへへ……」と笑いながら、そう答えるイルーナ。

「そうっすか……とりあえず大事なくて良かったっす。イルーナちゃん、怪我《けが》はどうっすか？　えっと、ご主人が用意した各種ポーションがこの辺りに――」

「あ、それは大丈夫！　シィがね、『いたいのいたいの〜、とんでけー！』って治してくれたから！」

「シィ、ちょっとのけがなら、なおせるノ！」

「……そう言えばシィちゃん、回復魔法が使えたんだったっすか。ウチの子達は、本当に優秀っすねぇ。はい、タオルっすよ」

「フフ、本当ですねー。着替えの一式は、ここに置いておきますねー」

イルーナは今着ていたものを脱ぎ、リューからタオルを受け取って身体《からだ》を拭《ふ》くと、レイラが用意した服にいそいそと着替える。

「ありがと、レイラおねえちゃん、リューおねえちゃん！　へくちっ……それじゃあ、また行ってきます！」

「いってきまス！」

「はーい、気を付けて遊ぶんすよー」

「いってらっしゃいー」

そうして二人は、再度遊びに出て行ったのだった。

この時、イルーナは身体を冷やしてしまっており――。

第四章　親

「「ただいまー」」

「……ただいま」

「あっ、おかエりー！」

「おかえりなさいっす！」

ダンジョンに帰ると、すぐに気付いたシィが、家事を手伝っていたのか洗濯物を持ったままこちらにトトト、と駆け寄り、彼女の近くで洗濯物を畳んでいたらしいリューが声をあげる。

レイス娘達も居間に来ていたようで、ふわふわと俺達の周囲を飛び――。

「――って、あれ、イルーナは？」

いつもなら、帰ると真っ先に飛び掛かってくるのだが……ここにシィとレイス娘達がいる以上、一人で外に遊びに行ったたってこともないだろうし。

と、そう言うとちょっと心配そうな顔をするシィ。

「あのネ、イルーナ、あそんでたら、かわでころんじゃったノ」

かわ……川か。

以前、草原エリアに俺が作ったヤツだな。

「む……怪我は？」

レフィの問い掛けに、今度はリューが口を開く。

「それは掠《かす》り傷くらいだったみたいなので、シィちゃんが『ヒール』の魔法で治したそうなんすけどね。ただ、水を浴びて身体を冷やしたせいで、ちょっと体調崩しちゃったようで……今は旅館の方っす」

「あー……なるほど」

——どうやら、イルーナは風邪を引いてしまったようだ。

◇　◇　◇

「ポーションは……使っちゃダメなのか」

一緒に病人食を作っているレイラにそう問い掛けると、彼女はふるふると首を横に振る。

「えぇ、重い病気ならば服用しても構わないと思いますが、今回のイルーナちゃんは軽めの風邪ですので、自己治癒の方がよろしいかとー。病気でポーションばかりを服用していると、身体が弱くなってしまうという記録が残っていますのでー」

……そうか。

そんなに学のある方じゃないが、その理由はわかる。

恐らく、子供の頃《ころ》からポーションばっか使って治していると、身体に免疫が出来ないのだろう。

「なるほどな……んで、風邪を引いたのは、昨日《きのう》だって？」

「そうですね、恐らく一昨日《おととい》の夜から熱があったのだと思われますが、風邪だとわかったのは昨日ですー。──魔王様、おかゆが出来ましたので、イルーナちゃんに持って行ってあげてくださいねー」

「おぉ、美味そうだ」

レイラがお玉でお椀《わん》によそったのは、ネギとたまご、小さめの肉団子で出来たおかゆ。

「レイラがいてくれると、ホント助かるな……そう難しい料理でもないのに、すげー美味そうだ」

「フフ、みんな美味《おい》しそうに食べてくれるので、作るのにも気合が入るんですよー。一つお聞きしたいのですが、魔王様がお作りになられているのは……ジュース、ですかー？」

「あぁ。風邪の時はこれがいいんだ」

塩とレモン汁、砂糖で作った簡単なスポーツ飲料水を、あったかいくらいの温度に温め、水筒に入れる。

「ほほー……後で、その理由をお教えいただいてもー？」

「後でな」

相変わらずなレイラに苦笑を溢《こぼ》して俺は、水筒を小脇に抱え彼女がよそったお椀を盆に載せると、キッチンを出て真・玉座の間の外へと繋がる扉へと向かう。

イルーナは今、旅館の方で寝ているそうなので、扉を操作して行き先をそちらに変更し、中へと入る。

そして、入ってすぐにある障子戸を開け――中にいたのは、布団に横になっているイルーナと、様子を見てくれていたレフィ。

我が嫁さんは音に反応し、こちらに顔を向ける。

「イルーナは……」

「うむ、今は寝ておる」

小声で答えるレフィの隣に座り、水筒とお椀を載せた盆を畳の上に置く。

彼女の額に手を当ててみると……確かに少し熱があるな。

ただ、レイラが言っていた通り、重いものではなさそうだ。

これなら、恐らく数日もしない内に治るだろう。

イルーナの熱を測っていると、我が嫁さんがポツリと呟《つぶや》く。

「風邪か……儂《わし》は、生まれてこの方風邪というものを引いたことがない。やはり、辛《つら》いのか？」

「それなりにな。喉《のど》が痛くなったり鼻水で呼吸がし辛くなったり、頭痛がしたり寒気がしたり。起きているのが辛いから眠りたいのに、あまりの身体《からだ》のダルさのせいでずっと寝付けなかったり、とかもあるな」

「そ、そんなに酷《ひど》いものなのか？　ポーションを使ってやったらいかんのか？」

「ま、今回のはそんなに熱も高くないから、イルーナもそう辛い思いはしていないと思うぞ。ちょっとダルいくらいじゃないか？」

「そ、そうか……」

ホッと安堵《あんど》したように息を吐き出すレフィを、微笑《ほほえ》ましく思いながら俺は、言葉を続ける。

「レフィ、先に戻って、飯を食っててくれていいぞ。俺もちょっと様子見て、イルーナに飯食わせたらそっち行くから」

「む、わかった。お主の分は後で温め直してやるから、しっかりイルーナの面倒を見てやれ」

「あぁ、サンキュー」

そうしてレフィが真・玉座の間に戻っていくのを尻目《しりめ》に、俺は金髪幼女の肩を優しく揺する。

「イルーナ」

「……んぅ……」

ゆっくりと、瞼《まぶた》を開くイルーナ。

「あれ……おにいちゃん？　夢かな……」

少しぼんやりとした表情で、いつもより掠れた声でそう言うイルーナ。

「ハハ、夢じゃないぞ。ちょっと前に帰ってきたんだ。川で転んで、風邪引いちゃったんだって？」

「そうなの。きれいな石を探してたら、どぼーん、て」

「あの川は浅いし流れも緩やかだから、遊ぶのは構わないが、次からは気を付けないとな。頭とか打ったら大変だぞ？」

「ん……ごめんなさい」

「わかったならよろしい。――ほら、イルーナ、ご飯だ。食べられるか？」

「おにいちゃん、食べさせてー」

「しょうがないな」

もぞもぞと上半身を起こし、いつもより甘えてくるイルーナに笑い、俺はお椀を手に取った。

――それからしばし、彼女に食べさせていると、何だかすっごい嬉《うれ》しそうにニコニコするイルーナ。

「えへへ……」

「？　どうした？」

「あのね、わたし、とっても嬉しいの。みんなが、心配してくれて」

「そりゃあ、心配するさ。大事な家族だからな」

「うん……あのね、それが嬉しいの。シィはね、心配そうにいっぱいヒールしてくれて。レイスの子達は自分達は風邪がうつらないから、たいくつしないようにって何度もこっちに来てくれて」

「へぇ、そうだったのか」

確かに、レイス娘達に風邪がうつることはないだろうな。肉体がないんだし。

……というか、やっぱりイルーナは彼女らとも意思疎通出来ているのか。

俺は、あの三姉妹がダンジョンの魔物だからこそ、ある程度その意思を理解することが出来るが……。

「それでね、レイラおねえちゃんは病気の時のお料理作ってくれたり、身体を拭いたりお着替え手伝ってくれたり、お世話してくれて。リューおねえちゃんは、レイラおねえちゃんの代わりに家事を全部やってて。そうやって、みんなが色々してくれて、嬉しくて、ありがとうって気持ちでいっぱいになるの」

「そっか……それなら、早く風邪を治して元気になって、そのありがとうの気持ちをお返ししないとな」

「うん！　いっぱいお返しする！」

にへっと幸せそうに笑ってから、イルーナは言葉を続ける。

「でもね、これは、全部おにいちゃんのおかげなの」

「？　俺のおかげ？」

コクリと、彼女は頷《うなず》く。

「おにいちゃんがね、みんなを大事に思ってくれてるからなんだよ。みんなのためにって毎日いっぱい頑張ってくれるから、みんながここにいて、とっても居心地《いごこち》が良くて、他の誰かにも優しくしようって思えるの。だから――おにいちゃんも、いっぱいいっぱいありがとう」

「――――」

不意に、グッと胸にこみ上げるものを感じた俺は、誤魔化《ごまか》すように彼女の頭をポンポンと撫《な》でる。

掌《てのひら》から伝わる、少し高い体温。

彼女の、命。

俺は……この子らの保護者として――親代わりとして、日々を過ごしてきたつもりだった。

子供なんか育てたことがなく、自分自身人に物を教えられる程上等な人物だとも思っておらず、

だがそれでも自分は大人だからと、今まで『立派な保護者』ヅラをしてきた。

別に、それで変に気負っていた訳じゃないし、何か困ったことがあればレフィや他の誰かに相談し、皆に頼りながら日々を過ごしてきた訳だが……俺は、それなりに親代わりをやれていたということだろうか。

死んだイルーナの両親にも、胸を張ることが出来るだろうか。

「……？　おにいちゃん、どうかした？」

「――何でもないさ」

――イルーナが、ぼんやりとしている時で良かった。

俺は、声が震えないように注意しながら、意図して声音を明るいものに変え、口を開いた。

「さ、食べたら寝ろよ。イルーナには早く元気になってもらわんと、一緒に遊べないからな！」

「ん、いっぱい遊ぶ！」

イルーナは、一片の曇りもない笑顔で俺を見上げた。

◇　◇　◇

「おにいちゃん、朝ですよー！」

「ん、んん……あぁ、今起きる、今起きるぞー」

肩をゆさゆさと揺すられ、夢現《ゆめうつつ》だった意識が急速に浮上していく。

俺は、ゆっくりと身体を起こし――と、そこでようやく、俺の顔を覗《のぞ》き込んでいるのがイルーナだということに気が付く。

そうだ、俺、旅館の方で寝たんだった。

隣の部屋に布団敷いて、レフィと寝てたんだった。

「イルーナ、風邪は？　起き上がって平気なのか？」

「うん！　あのね、多分大丈夫だと思う！」

イルーナの額に手を当ててみると……お、熱は下がってるな。

「喉が痛かったり、頭痛かったりは大丈夫か？」

「うん、大丈夫！　とっても元気！　だからね、レイラおねえちゃんの病気の時のお料理もおいしいんだけど、ふつーのお料理が食べたい！」

「ハハ、それだけ食欲があるなら大丈夫そうだな。わかったわかった、今日の夜はイルーナが好きなものにしようか」

「ドリア！　ドリアがいい！　あ、でもハンバーグも！」

「うむ、両方とも検討しよう」

本当に元気になったようで、大喜びで両手をバンザイさせるイルーナの頭をポンポンと撫で――と、真・玉座の間に通じる扉から、レフィとリューが現れる。

二人とも、先に起きてたのか。

リューはいつも早起きだからわかるが、レフィより起きるのが遅かったのは……流石《さすが》に、龍の里に行って疲れていたのかもな。

レフィ、スタミナに関して言うと無尽蔵だからなぁ。

「む、起きたか、二人とも。イルーナ、熱はどうじゃ？」

「イルーナちゃん、調子はどうっすか？」

「良くなった！　心配してくれてありがと！」

「平熱には戻ったから、多分大丈夫だ。――あ、けどイルーナ、またぶり返してもいけないから、今日は家でゆっくりしてるんだぞ？」

「はーい！」

元気良く返事をするイルーナを見て、レフィとリューは大丈夫そうだと判断したのか、安心したように微笑みを浮かべる。

「そうか、ならばよい。他の者達にも顔を見せてやるとよい」

「シィちゃんとか、すっごく心配してたっすからね、元気になった様子を見せてあげればとっても喜ぶと思うっすよ！」

「わかった！」

そのままトトト、と駆けて行こうとするイルーナを、しかしレフィは止める。

「これ、イルーナ。先に布団を畳むんじゃ」

「あ、はーい！」

「ユキ、お主もじゃぞ」

「へいへい」

うんしょ、うんしょとイルーナが言われた通り布団を畳み始める横で、俺は旅館の縁側の窓を開けて換気し、同じように自身の布団を畳む。

——ちょっと、ニヤニヤしながら。

「いやぁ、なんか、感慨深いものがあるな。リュー、お前ならわかってくれるんじゃないか？」

「そうっすねぇ……ご主人の言いたいことなら、多分わかるっすよ」

「む、何じゃ？」

「『まさかレフィ（様）が、『布団を畳め』と言うようになるとは……』」

「なっ、お主ら……！」

声を揃えてそう言うと、愕然《がくぜん》とした表情を浮かべるレフィ。

「あぁ、レフィおねえちゃん、お布団の上でグータラすることが多かったから、なかなかお片付けしなかったもんね！」

「くっ、イルーナまで……いいじゃろう、わかった！　儂とて童女どもの保護者！　今日から、早寝早起きを心掛けると誓おうではないか！」

「ホントかぁ？　そう言いつつ、結局夜更かしするんだろ？」

「フン、儂は清く正しい生活をすると誓ったのじゃ。今日からお主は、夜眠れずに遊び相手が欲しくとも、一人寂しく過ごすことになるのじゃ！　残念じゃったな！」

「そうか、清く正しい生活か。なら、余分な栄養である菓子は今日から無しでいいってことだな」

「……い、いや、待て、ユキ。勘違いするでないぞ。菓子は……そう、菓子は確かに栄養としては余計なものかもしれぬが、しかし日々の疲れを癒《いや》し、精神を慰撫《いぶ》するもの故、間違いなく必要なものじゃ！　それに、菓子を無くすと言うたら、童女達が悲しむでな！　保護者として、童女達の悲しむことをする訳にはいかんぞ！」

「おう、随分いっぱい喋《しゃべ》るな」

「レフィ様、こういう時よく口が回るっすよねぇ……」

そう冗談を言い合いながら布団を畳み終えた俺達は、扉を潜《くぐ》って真・玉座の間へと向かう。

と、いつもの生活空間から、漂う良い匂《にお》い。

すでに朝食の用意を済ませてくれていたようで、トーストにベーコンエッグ、ブロッコリーがそれぞれの分の皿によそわれており、その隣に置かれたカップには湯気を立てるコーンスープが注《つ》がれている。

よくある朝食だが、それ故にとても美味そうだ。

「あら、おはようございますー。イルーナちゃん、お加減はどうですかー？」

「イルーナ！　げんきになっタ？」

「……風邪、良くなった？」

「元気になったよ！　心配してくれてありがとう、みんな！」

「よし、朝飯にすんぞー。イルーナは元気になったかもしれんが、しっかり食べて栄養付けないとな」

そうして全員がテーブルの椅子につき、「いただきます」をして朝飯を食べ始め――その時、ボワリと真・玉座の間の一角の空間が揺らぎ始める。

「ただいまー！」

空間の揺らぎから現れたのは、ネル。

「あ！　ネルおねえちゃんだ！　おかえり！」

ネルの姿を見て、まずイルーナが声をあげ、それから他のダンジョンの面々がそれぞれ彼女に「おかえり」を言う。

「おかえり、ネル！　結局、休みを貰《もら》えたのか？」

彼女とは『通信玉・改』を使ってよく連絡を取っているので、もしかしたら帰って来られるかもしれないとは聞いていたが……。

俺が問い掛けると、コクリと頷くネル。

「うん、ちょっとだけね！　でも、あんまり長くはないから、明後日《あさって》の朝には帰るよ。――それで、イルーナちゃん、風邪引いたっておにーさんから聞いたけど……その様子だと、もう大丈夫なのかな？」

「うん、治った！」

「そっかそっか、なら良かった」

と、トーストをモグモグしていたレフィがゴクリと飲み込み、ネルに問い掛ける。

「ネルよ、朝食は？」

「まだ食べてない。残り物があったら貰おうかと思ってたけど……あ、大丈夫だよ、無くても自分で用意するから」

「いや、お主が帰って来るかもしれんと聞いて、一応用意してある。お主は座って待っておれ、その様子じゃと昨日《きのう》も遅かったんじゃろうし、まだ疲れが残っとるじゃろ」

「あ……もしかして、くまでもある？　実は昨日も仕事が長引いて……ありがと、レフィ」

あはは……と頰《ほお》を掻《か》きながらレフィにそう言うネル。

「そんなに今忙しいのか？」

「うん、実は少し先に大規模な遠征計画があってね。今回お休みを貰えたのも、その前に英気を養えってことだと思う」

「そうか……なら、しっかり英気を養ってもらわないとな！」

「ネルおねえちゃん、ゆっくりするの？　なら、わたしがいっぱいおもてなししてあげる！　あのね、今回みんなにいっぱい心配してもらって、いっぱいありがとうって気持ちになったから、今度はわたしが他の人にお返ししたいの！」

「本当？　嬉《うれ》しいなぁ。なら、期待しちゃおっかな？」

「期待してて！」

フフ、と笑い、ネルは椅子に座った。

そして、今日が始まる。

◇　◇　◇

「うーむ……この部屋もちょっと、物が増えてきたな」

我がダンジョンの心臓部である、真・玉座の間。

リビングであり、寝所でもあるので、物が雑多にあるのも当然と言っちゃ当然なのだが、必要なものや欲しいものがあったら特に躊躇《ためら》わずＤ　Ｐ《ダンジョンポイント》で交換してしまっているため、どんどん物が増えていく一方であり、現時点でも大分ごちゃっとしてしまっている。

特に雑多な印象を受けるのは、部屋の隅にある棚と、そこに収納されている日用品とかおもちゃとかか。

おもちゃと言っても、ぶっちゃけ、幼女組のものじゃない。

ウチの幼女達、エネルギーが有り余っていることが理由だと思われるが、かなり活動的でアウトドア派なので、実は室内ではあんまり遊ばないのである。

俺達と、ごっこ遊びとか何かをする時くらいだろうか。

昼間にクッタクタになるまで外で遊び、帰ってきてレイラの美味《おい》しい飯を食い、温泉に入って、ぐっすりと眠る。

きっとあの子らは、大きく健やかに育ってくれることだろう。

思考が逸《そ》れたが、なので室内に置いてある多くの遊び道具は、実は大人用のものがほとんどなのである。

オセロや将棋、チェス、人生ゲームなんかのボードゲーム類はほぼ全《すべ》て揃《そろ》っており、トランプ、花札、ＵＮＯ、その他の似たような感じのものも数多《あまた》置いてある。

何でもかんでもアイテムボックスにしまうのは、以前満杯になってしまった時からやめたので、こういう小道具なんかはこの部屋に置くようになったのだが……うーん、流石《さすが》に置き過ぎか。

「ご主人、そんな難しそうな顔して、どうしたんすか？」

「ん、リューか。いやぁ、流石に部屋がごちゃごちゃしてるから、なんかいらんもんを捨てようかと思ったんだが……思った以上にゴミって言えるものがなくてなぁ」

「あー……確かに物、増えてきたっすけど、この辺りの遊び道具はかなり頻繁に使ってるっすもんねぇ」

「そうなんだよ。棚をもう一つ増やすかとも思ったんだが、それはそれで邪魔になりそうだし……」

今でさえ、棚は三つくらいあるし。

「大所帯で暮らしてるっすから、ある程度は仕方ないと思うっすけど……というか、あれっすね。お城はあれだけおっきいのに、スペースに悩むというのも、おかしな話っすね」

「……そうだな」

結局みんな、使うのはこの部屋だけだしな。

ちなみに、サッカーボールや野球用品、バドミントン用品なんかの外で遊ぶための道具は、旅館の隣に建ててある倉庫に全部突っ込んであるので、ここにはない。

多分そっちは、大人組よりも幼女組の方が、どうなっているのかよく理解していることだろう。

あの子らはしっかり者なので、時折俺達が倉庫を開いても、常に中は綺麗《きれい》に整理されている。特に大人組が片付けをしておらずとも、だ。

多分、彼女ら皆で一緒に使っていることが、良い方向に働いているんだろうな。

一人だと面倒だと思っても、誰かと共にいるとしっかりやろうと思うものだ。日々、ここで実感している。

と、そうしてリューと話していると、レフィとネルもまたこちらに寄ってくる。

「何々、整理してるの？」

「ふむ、確かに大分物が増えて、ごちゃごちゃしておるからのー。じゃが、片付けるものがあるのか？」

「それを二人で悩んでるところだったんだ。……あ、これは流石にいらないか」

「えっ⁉　い、いや、僕、それは残してくれると嬉しいかなーって……」

俺が摘《つま》み上げたおもちゃの剣を見て、ネルがそう言う。

「……お前が武器好きなのは知ってるが、これ、おもちゃだぞ？」

「で、でもほら、おにーさんの作品でしょ？　それに、細工が気に入ってると言いますか……」

「……まあじゃあ、捨てんでおくけどよ」

今までネルにあげた武器類は、彼女に割り当てた城の方の部屋に飾ってあるそうだが、こっちに置いておきたいと思う程に気に入ってくれたということだろうか。

確かにこれ、造形に拘《こだわ》って作ったものではあるので、見た目はかなりカッコいいと言えるだろう。

殺傷能力は皆無だが。

「なら、こっちは？」

「えっ、リル様フィギュアを捨てるなんてとんでもない！　それは、末代まで家宝にすべき一品っす！」

次に、こちらもまた俺が作ったものである『超絶変形合体モフリル号〜フィギュアバージョン〜』を手に取ると、今度はリューが慌てて声をあげる。

「えー……なら一応城の方に造ってある、自分の部屋に置いてくれよ。ネルもそうだけどよ」

「だってあの部屋、ひと月に一回も入らないっすもん！　それよりは目に見えるところに飾っておきたいというか……」

「そうそう、好きなものは目に入るところに置いて、それでニヤニヤしたいんだよ！」

「おう、言い切りやがったな、二人とも」

かく言う俺も、ぶっちゃけ自室は全く使っていないのだが。

彼女らの主張に、俺は一つため息を吐《つ》く。

「おい、そんな調子じゃあ、片付けになんねーぞ」

「な、ならご主人だって何か捨ててくださいよ！　ほら、この辺りで幅を取ってる工具箱とか。ウチらの品の中じゃあ、一番邪魔になってると思うっす！」

「い、いや待て、それは工具なんだからいいだろう！　おもちゃとかじゃないんだし！」

「お主にとってのおもちゃじゃろう。つまり物としては二人と大差ないかもしれんの」

「そうだよ、おにーさん！　だってそれ、おにーさん以外使わないんだし！」

「ぐっ、た、確かにそうかもしれんが……」

と、俺達の様子に、呆《あき》れた顔になるレフィ。

「全くお主ら……大人なんじゃから、整理くらい出来んと、童女どもに笑われてしまうぞ」

「ぐ、ぐぬぬ……物欲に関して言うと、レフィは特にないから何にも言えねぇ……普段はあんなにあんなのに！」

「れ、レフィ様だって、自分専用の菓子ボックスにいっぱい菓子を溜《た》め込んでるじゃないっすか！あれも結構幅取ってるはずっす！」

「そ、そうだよ！　僕達に言うなら、レフィだってお菓子ボックス撤去してよ！」

「お、お主ら、それこそ別枠の話じゃろう⁉」

俺はともかく、まさか二人にまで反旗を翻されるとは思わなかったらしく、愕然《がくぜん》とするレフィ。

そうしてしばし、不毛なことを言い争った後に、俺達は互いに顔を見合わせ、苦笑いを溢す。

「えー……それでは皆さん。ここにある物は、全て必要ということで……」

「……そ、そうじゃの。必要じゃから、多少雑多でも残すしかあるまい」

「え、えーっと、そうだね」

「う、ウチもそれに賛成っす」

そう俺達は結論付け――が、そこに、何やら大きな袋を持ったレイラが、にこやかな笑みと共に現れる。

「皆さん、何やらお困りのようですねー」

「れ、レイラ……その袋は、いったい何だ？」

「いいですかー？　こういう時は、思い切りが必要なのですー。――えいっ！」

『あぁ、ま、待って！』

レイラは自らの見解に基づき、いらないと思われるものを次々に袋へと放り込んでいき、それを必要だと力説する俺達をその舌鋒《ぜっぽう》を以《もっ》て黙らせる。

無論、本当に大事なものは見逃してもらえたのだが……「じゃあ、こちらはいりませんねー」と放たれる無慈悲な死刑宣告を、我々はただ大人しく受け取る。

我々は、誰《だれ》もレイラに敵《かな》わないのだ……。

◇　◇　◇

「我はサイボーグニンジャ・ユキ。……むむ、ここに確かな幼女ニンジャーズの気配を感じる。いったいどこにいる、幼女ニンジャーズよ……」

忍らしいポーズをしながら俺は、レフィの呆れたような視線とネルとリューの微笑《ほほえ》ましそうな視線を受けつつ、「むむむ」と唸《うな》って一人居間を徘徊《はいかい》する。

現在行っているのは、ニンジャごっこ——ぶっちゃけると、かくれんぼである。

場所が居間というそんなに広くない空間でやっているので、現時点ですでに隠れている様子が見えていたりするのだが、始めて数秒で見つけてしまっては面白くないため、わざと徘徊を続け、見つけていないフリをする。

「……なるほど、一筋縄ではいかないようだな、幼女ニンジャーズ……だが、我が忍術に掛かれば、気配察知など容易《たやす》いこと！　発動、『心眼』！　我が『心眼』は万物を見通し、丸裸にする……ここだな、見つけたぞ、水色ニンジャ・シィ！」

「あっ、みつかっちゃった〜」

クッションで死角を作り、その裏に隠れていたシィは、楽しそうにニコニコしながら這《は》い出てくる。

「水色ニンジャよ。お前はサイボーグニンジャに見つかってしまったため、洗脳忍術によって我が配下となるのだ……はー！」

俺が念を送る動作をすると、シィは辛そうな顔で頭を抱える動作をし、唸る。可愛《かわい》い。

「うむむ、みずいろニンジャ、くっしない……だめ、あらがえないヨー！」

「フッ、洗脳完了！　さぁ、我が配下、水色ニンジャよ。お前の知っている、幼女ニンジャーズの情報を吐くのだ……！」

「う、うぅぅ……シィがしってるのは……かたなニンジャ・エンちゃんのばしょ……たしか、つくえのした……」

「素晴らしい、良い情報だ、水色ニンジャ。フッフッフッ、観念するといい、刀ニンジャ・ザイエン！　すぐにその居場所を暴いてやる……」

と言っても、やはりすでにその服の裾《すそ》が見えちゃっているのだが、俺はまだ見つけていないフリをし、わざと色んなところの机の下を覗《のぞ》いていく。

「ここか？　いいや、違うようだなぁ。ここか？　ここも違うか。ならば……ここだ！　見つけたぞ、刀ニンジャ！」

「……む、不覚」

俺に見つかった刀ニンジャ・ザイエンは、無念そうな顔で、俺の工作テーブルの下からいそいそと出てくる。

「フハハハ、我に掛かればその居場所など、簡単にわかってしまうのだよ！　よし、水色ニンジャ・シィ。共に洗脳忍術を使って、刀ニンジャを我々の仲間にするのだ！」

「エンちゃん、ごめんね～！　みずいろニンジャはいま、さからえないの～！」

「……あにゃにゃにゃ～」

俺達が洗脳忍術を使用すると、どういう声なのかわからんが、彼女なりの洗脳されボイスを発し、クルクルとその場で回る。可愛い。

「……そもそも、ニンジュツとは何なんじゃろうな」

「ニンジャもよくわかんないっすよね」

「おにーさんの説明を聞いた限りだと、仕事としては間諜《かんちょう》っぽい感じだけど、何だか動きとか使う魔法とかも派手だもんね」

「そこ、うるさいぞ」

まあ、俺がここのみんなに教えているのは、『忍者』じゃなくて『ＮＩＮＪＡ』の方に近いので、よくわからないという意見も自分自身仕方ないと思っているのだが。

何故《なぜ》なら、俺もよくわからないし。

「さあ、新たなる我が配下、刀ニンジャ・ザイエンよ！　洗脳されてしまったお前は、我々に次なるターゲット達の居場所を教えるしかないのだ……」

「……むむ、みんなの居場所は――」

と、洗脳忍術を食らった刀ニンジャが、残りの幼女ニンジャーズの居場所を吐こうとした、その時だった。

「今だよ、ニンジャシスターズ！　きしゅー攻撃だー！」

「ぬっ、き、奇襲だと⁉　ぬわあああ⁉」

空から降ってきた、お化けニンジャシスターズ・レイ、ルイ、ローに襲われ、俺はその場に倒れる。

その間に、隠れ場所から出て来たヴァンパイアニンジャ・イルーナが、我が配下達の洗脳を解きに掛かる。

「目を覚まして、水色ニンジャ、刀ニンジャ！　今の内にもう一回隠れるよ！」

「ハッ！　せんのーがとけた！　ありがと、ヴァンパイアニンジャ！」

「……この恩は忘れない」

そうして彼女らが一目散に逃げ、再度隠れたところで、俺は立ち上がる。

「ぐ、ぐぬぬ……俺は負けん、負けんぞ、幼女ニンジャーズ……！　この身は復讐《ふくしゅう》の化身、サイボーグニンジャ！　幾度敗北しようとも、その度に立ち上がるのだ！」

「……何度同じことをするんじゃ、彼奴《あやつ》ら」

「あと三回くらいは同じ感じで楽しんでそうっすねぇ」

「あはは、楽しそうだからいいんじゃない？」

彼女らの言う通り、実はこの流れ、二回目である。

子供って結構、同じネタを繰り返すの、好きだよな。

「かくなる上は、秘密兵器を出すしかあるまい！　いでよ、嫁ニンジャーズ！　――じゃ、レフィ、よろしく」

「ぐおー！　嫁ニンジャだぞー！」

「え、ニンジャって『ぐおー』って鳴くんすか？」

「怪獣みたいなんだね？」

「まあ、確かにレフィは怪獣みたいなもんだしな。ポンコツ怪獣」

「よし、儂《わし》はサイボーグニンジャ・ユキを裏切り、これより幼女ニンジャーズの味方となる。覚悟せよ、ユキ！」

「フハハハ、いいだろう！　来いよ、怪獣ニンジャ・レフィ！　これより行われるのは、ニンジャ大戦！　お前達、戦争の時間だ‼」

「むむ、隠れるのは終わりで、次はせんそーだね⁉　よーし、おにいちゃん達、覚悟しろー！」

「たたかいだー！　かくごかくごー！」

「……今こそ、ニンジャの本領を発揮する時」

再度現れ、意気込む彼女らの隣で、人形に憑依《ひょうい》しているお化けニンジャシスターズが戦意満々の様子を身振り手振りで表す。

「あっ、この感じからすると、ウチらはご主人陣営なんすね？　よーし、狼《おおかみ》ニンジャ・リューもこれより参戦するっす！　勇者ニンジャ・ネルも、一緒に戦うっすよ！」

「え、あ、う、うん――勇者ニンジャ、見参！　勇者のパワーで、みんなを勝利に導くよ！」

「おー、ネルもそれっぽくなってきたっすね！　けど、決めポーズはもうちょっとおっきくやった方がいいっすよ？」

「……恥ずかしいから、冷静に意見しないでよ」

ここに勃発《ぼっぱつ》した、ニンジャ大戦。

例に漏れず今回も、「皆さん、ご飯のお時間なので、その辺りで終わりにしてくださいねー」というレイラの声によって、終戦を迎えたのだった。

◇　◇　◇

俺は、思った。

——あれ、なんか最近俺、全然魔王っぽくなくない？　と。

ダンジョンに大した侵入者もなければ、城の防衛機能も全く使っていない。

興が乗って、アホ程整えた城の迎撃用トラップなど、まだ一つも使っていないのだ。

ちょくちょくダンジョン領域内の魔物を狩っていたりはするが、ヤツらは侵入者というよりただそこに住む野生生物で、言うならばヤツらを狩るのは迎撃ではなくただの狩猟である。

唯一やっている魔王っぽいことと言えば、俺の支配領域であるダンジョン領域をどんどん拡張しているということくらいだろうか。

いや、別に、だからと言って危険を求めている訳ではないのだ。

平和であることは何よりだし、それにウチの面々、特に幼女達の安全を脅かす訳にはいかない以上、今のままの生活で悪くはない。

むしろ、充実していて日々幸せだと臆面《おくめん》もなく言い放つことが出来るだろう。

でも、こう……微妙に寂しいものがあるのも確かなのである。

だって、ねぇ。

真・玉座の間ではなく、俺の魔王城の方に造ってあるもう一つの玉座の間とか、もうただの通路になっているし。

多分、内装を作りに足を踏み入れて以来、一度も入っていない居館とかいっぱいあるし。もしかするとウチの幼女達が遊びに行っているかもしれないが。

今のままでは、マズい。

いや、全然マズくはないが、やっぱりもうちょっと、魔王っぽいことがしたい。

そこまで考えたところで、俺はふと思い付いた。

そう言えば我が家には現在、俺が魔王として振る舞うのに、相応《ふさわ》しい相手がいると——。


「——来たか」

我が魔王城、その、玉座の間。

現れた侵入者を前に、俺は、ゆっくりと玉座から立ち上がる。

「待っていたぞ、勇者……聖剣の、担い手よ」

「とうとう辿《たど》り着《つ》いたよ、おにーさん——じゃなくて魔王！　今日で、悪逆非道の……ええっと、何だったっけ」

「悪逆非道の限りを尽くし、世界を混沌《こんとん》と恐怖に陥れる」

「あ、そうだったね。……魔王！　今日で、悪逆非道の限りを尽くし、世界を混沌と恐怖に陥れるのはおしまいだよ‼　僕がここで、君を食い止めてみせるっ‼」

そう言って彼女は、腰に下げた美麗な彫刻の入った剣をシィン、と抜き放つ。

ちなみにあの剣はネルのいつもの聖剣ではなく、俺が作ったもので、その名も『聖剣ヨク＝ヒカール』。

魔力を込めるとよく光る。刃《やいば》部分がプラスチックなので殺傷能力はない。

多分、懐中電灯代わりとして使うのが最も適した使用方法だろう。

「フハハハ、いいだろう、勇者よ。我が覇道を阻む者は、ことごとく我が剣の錆《さび》にしてくれるわ‼」

高笑いし俺は、空間に亀裂を生み出すと、その中からおどろおどろしい紋様の走った黒の大剣を取り出す。

こちらもいつもの我が愛刀、エンこと罪焔《ざいえん》ではなく、その名も『獄剣トテモ＝ウク』。

以前レフィと行った空島でゲットした素材、『飛○石』が組み込まれているので、魔力を込めるととても浮く。

刃部分がスポンジなので殺傷能力はない。

こちらはもう、俺用のおもちゃとして以外の使い道はない。ウチの幼女達、武器には興味ないから俺以外は使わないし。

エンは『種族：魔剣』な訳だから、そういう武器には興味ありそうなものだが、彼女は自らが俺の主武器だという自負があるため、他の武器に対抗意識を燃やすことがあっても然《さ》して物欲が働いたりとかはしないのだ。

――と、そんな感じで世界の命運を賭《か》けた一大決戦を行っていると、多大な呆《あき》れを感じさせる声音が近くから聞こえてくる。

「……何をしておるんじゃ、お主らは」

いつの間にかそこにいたのは、レフィ。

「あ、レフィ。なんかおにーさんが、『魔王らしいことがしたい』って言うから、それに付き合ってるところ」

「……ネル、お主、疲れておるのじゃろう？　この阿呆《あほう》の相手なぞせずに、休んでおってもいいんじゃぞ？」

「えへへ、いいのいいの。こうしておにーさんの相手をしてると、僕も大分癒《いや》されるから。むしろ、こうしている方が休めるかも」

「そ、そうか……まあ、お主が良いのであれば別に構わぬが」

ニッコニコ顔のネルに、何とも言えない苦笑気味の表情を浮かべるレフィ。

「何だレフィ、お前も一緒に世界の命運を賭けた決戦がしたいのか？　まあいいぞ、ならお前は魔王の悪の手下その一な。鳴き声は『ヒヒヒ、ヒヒヒ』だ」

「何じゃそのそこはかとなく気持ちの悪い鳴き声は。やらぬわ。……というか、鳴き声て」

あ、そう。

魔王の悪の手下っぽくていいと思うんだけど。

「……そもそもユキ、『魔王らしいことがしたい』って、そんなごっこ遊びで満足出来るのか？」

「超満足」

「…………」

そのままレフィは、何事かを言いたげに口元をもにょもにょさせ、去って行った。

いったい何をしに来たのだろうか、アイツは。

「それでおにーさん、この後はどうするの？」

「あぁ。俺、爆発して死ぬから、それを見て満身創痍《まんしんそうい》のお前は『魔王……君は強かったよ。でもね、教えてあげる。悪が、最後まで栄えた例《ためし》はないんだよ……』って捨てゼリフを吐いて、足を引き摺《ず》って片方の肩を押さえて去って行くんだ」

「え、ば、爆発？　わ、わかった」

そんな感じで、その日俺は、ネルと一日を過ごした。すっごく楽しかったです。

――そして、翌日、早朝。

「それじゃあ、おにーさん。僕はもう行くよ」

「あぁ、気を付けてな。何かあったら、すぐに俺を呼ぶか、こっちに帰って来いよ。魔界の時みたいに、死ぬギリギリまで戦い続けるとかはやめてくれ」

「フフ、わかってるよ。僕はもう、死んでも生きたい理由があるからね。本当にマズくなったら、何が何でも生き残るために全力を尽くすよ」

「ん、ならいいんだ。近く、大規模な遠征に参加するって話だし、危険もあるだろうからさ。お前には十分に気を付けてもらわないとな」

「わかってるって。もう、おにーさんは心配性だなぁ」

そう笑ってネルは、俺と共に見送りに来ていたレフィ、リュー、レイラと言葉を交わし、最後にギュッと俺に抱き着いて、ダンジョンを去って行った。

もうちょっと長く、一緒に過ごせればいいんだが……これぱかりは、ネル自身がこうすると決めたことだ。

その覚悟に、俺が口を挟むのは野暮というものだろう。

だから俺は、ネルがその意思を貫き通して――いや、仮に貫き通すことが出来ずとも、我が家で暮らせるようになるその日まで、彼女のことを陰から支えて生きて行くとしよう。

「ユキ。彼奴のことは、お主が支えてやるんじゃぞ。彼奴の精神の主柱にあるのは、お主じゃ。儂らは近しい友人として共に生きることは出来ても、彼奴の生きる理由になることは出来んからの」

「あぁ……俺も今、支えられるように生きようって思ったよ」

「代わりに、ご主人のことはウチらが支えてあげるっすから！　それでみんながそれぞれ柱になって、一緒に寄りかかり合いながら、一つの『家』になるんす！」

「……リューよ。とても良いことを言っておるが、一つだけ言わせてもらうと、柱が寄りかかり合うとは、それはつまり斜めの柱ということじゃよな。倒壊寸前の家になってしまうぞ」

「おい、レフィ。言ってやるなよ。良いこと言ってくれてたのは確かなんだからさ」

「うふふ、なら私は、皆さんが倒れてしまわれないよう、つっかえ棒のような柱を目指しますね――」

俺達は、顔を真っ赤《まっか》にするリューをからかいながら、真・玉座の間に帰って行った。

――この後、ネルの参加する遠征には、俺も大きく関わることになる。

◇　◇　◇

「あるじ、あるジ！」

「おう、どうしたー、シィ」

こちらに近寄ってきたシィにそう問い掛けると、彼女はいつものニコニコ顔で言った。

「えへへ、あるじとレフィおねエちゃんのまね！　『レフィ……愛してるよ』『う、うむ……儂も、あ、愛しておるぞ』」

「ブッ――――」

俺は吹き出した。

「……し、し、シィさん。そ、その声真似《まね》はいつ覚えたので？」

「このまえ！　レフィおねえちゃんはネ、ちょっとはずかしがらせるのが、ポイントなの！　レフィおねえちゃん、はずかしがりやさんなところがあるから！」

そうね。本人かと思わんばかりの声真似で、思わず俺、周囲にレフィがいるんじゃないかと見回してしまったからね。

似てるというか、恐らく実際に喉《のど》を少し変化させ、俺達の声帯を模しているのだろう。

スライムという種、ならではの声真似か。

いや、だが……自分の声は正直よくわからないが、今のレフィの声のトーンや抑揚などは、まんまアイツのものだった。

普段から、細かく観察していないと出来ない芸当だろう。本当に、俺達のことをよく見ている。

「あとね、あとネ、ネルおねえちゃんとリューおねえちゃんのバージョンもあるよ！　ききたい？」

「い、いえ、遠慮しておきます」

ば、バカな……幼女達がいる前では、そんなやり取りをしたことは……あんまりなかったはずだぞ！

い、いったい、どこで覚えたんだ……。

「シィさん、あの、その声真似は今後封印していただけますと、非常に、心の底から助かりますので、出来ればやめていただきたいかなーと、私、思います……」

「えー？　でも、そっくりだったデしょ？」

「ええ、そっくりだったからこそ、やめていただきたいと言いますか」

その声真似は、俺の心臓にダイレクトで来るものがある。

やめてくれ、その攻撃は俺に効く。

「そっかァ。レフィおねえちゃんとか、ネルおねえちゃんとか、ときどきやってっていうんだけど。あ、リューおねえちゃんは、あんまりおねガいしてこないけど、いっぱい『愛してる』っていってほしがるよ！」

「……何て？」

「あのネ、ときどき、シィにあるじのまねをしてって、おねえちゃんたちが、おねがいしてくるノ。とってもよろこんでくれるから、あるじもよろこんでくれるかなーって」

俺の知らないところで、何をやらせているんだ、アイツらは。

……それと、リューは後で、甘やかしてやろうか。

アイツ、レフィやネルに対してちょっと引け目を感じているようだし、もっと自分に自信を持ってもらわんと。

そんなことを考えながら俺は、何とも言えない苦笑いを浮かべ、シィの頭をポンポンと撫《な》でる。

「それにしても、すげー上手《うま》い声真似だったぞ、シィ。シィが声優にでもなれば、百戦錬磨で天下を取れること間違いなし、だな」

「せいゆー？　って、おしごト？」

「おう、そうだ。声で何かに命を吹き込む仕事だ。すごいんだぞー、声優さんは」

「へえぇ！　シィもせいゆーさん、なれるかな？」

「勿論《もちろん》だ。けど、なるにはいっぱい練習しないとな」

「うん！　いっぱイする！」

にへら、と笑うシィ。可愛《かわい》い。

この世界に前世の声優のような仕事はないだろうが……ま、人形劇とか紙芝居とかなら、声を活《い》かせる仕事と言えるだろう。

そうだな、レイス娘達に手伝ってもらっての人形劇とかなら、一大スペクタクルなものが出来上がるんじゃないだろうか。

うーん、是非とも見てみたい。

と、ふと俺は、思い付く。

「……なぁ、シィ。その練習の一環として、一つお願いがあるんだが……レフィの声で『ウチなー、あんなー、覇龍のレフィシオスって言うねん！』って言ってくれ」

「『ウチなー、あんなー、覇龍のレフィシオスって言うねん！』」

「グフッ、クク……いいぞ、シィ。最高だ。メチャクチャ似てる。それじゃあ、次は……『うひゃあっ、覇龍のウチでも、敵わないっちゃぁ～』」

「『うひゃあっ、覇龍のウチでも、敵わないっちゃぁ～』」

「クッ、プクッ……うむ、うむ。素晴らしい演技力だぞ、シィ君。君の声真似は、人を真に笑顔にさせるなぁ。そうだ、後これも頼む。『ごめんなさい。こういう時、どんな顔を～』」

「何をしておるんじゃ、ユキ？」

――突如、背後から聞こえたその冷たい声に俺は、ビク、と身体《からだ》を跳ねさせる。

それから、ギギギ、と、まるで壊れたゼンマイ仕掛けのおもちゃのような動きで、後ろを振り返る。

「随分と、楽しそうじゃの？」

そこにいたのは――絶対零度の視線をこちらに向ける、覇龍の我が嫁さん。

「……いつから、そこに？」

「お主がシィに、阿呆《あほう》な真似をさせ始めた時からじゃの」

「……落ち着け、落ち着くんだレフィ。落ち着いて、一度深呼吸をするんだ」

「何を言う。儂《わし》は落ち着いておるぞ。今も、とても晴れやかな気分じゃ」

「そうか。けどレフィ、一つ言わせてもらうと、気分が晴れやかな人は、そうやって拳《こぶし》を握り締めたりはしないと思うんだ」

「ふむ、見解の相違という奴《やつ》じゃの。事実、儂は今、非常に晴れ晴れとしておる。……あぁ、これは、お主の顔面を変形させた後の愉快な気分を想像してのことじゃった」

「やっぱり殴る気じゃねぇか⁉」

瞬時に翼を出現させた俺は、一気に飛び上がる。

「逃がさん‼」

レフィは美麗な翼を同じように出現させると、逃げる俺に追い縋《すが》り始めた。

「お前最近、暴力的だぞ⁉　何でもかんでも拳で解決しようとするのは良くないと思います‼」

「お主が大分強くなったのでな‼　儂も遠慮せず、お主をど突けるというものよっ‼」

「ヒィッ、家庭内暴力反対‼　ＤＶ反対‼」

「何を言う‼　旦那《だんな》が阿呆なことをしたら、ど突く‼　これが健全な家庭におけるこみゅにけーしょんじゃろうてっ‼」

「お前の家庭というものに対する考えは歪《ゆが》んでいる‼　というか、お前らもシィに声真似させてたって話だし、お互い様だろ⁉」

「ぬわあああ⁉　シ、シィか⁉　シィに聞いたのか⁉　クッ、仕方があるまい、お主の記憶が飛ぶまでぶん殴る‼」

「それは流石に理不尽では⁉」

「あるジたち、きょうもなかよしさんだネ～」

何だかとても嬉《うれ》しそうなシィの声が聞こえてきたが、今の俺達には彼女へと返答する余裕は全く無くなっていた。

その後どうなったかは、まあ……お察しである。

◇　◇　◇

「そう言えばご主人。ご主人の前世の名前は、何て言うんすか？」

レフィは出会った頃《ころ》から知っていたことだが、少し前に俺の前世関係の話を教えたリューが、ある日そう問い掛けてくる。

「え？　あぁ、俺は前世も『ユキ』だぞ。字はこうだ」

紙に書き、俺の名前の漢字を教える。

苗字は……まあ、いいな。

「へぇ……何だか、発音の割には随分と複雑な字を書くんすね？」

「おう、確かに複雑かもな。ちなみに俺んところの国は三種類使う文字があって、こういう風にも書くぞ」

次に、平仮名と片仮名でそれぞれ俺の名前を書く。

「え、三種類も文字があるんすか？　よく頭が混乱しないっすねぇ……」

「三種類ですかー。何故《なぜ》、そのようなことになったのでしょうかー？」

と、隣で話を聞いていたレイラが興味を持ったらしく、会話に参加する。

「あー……俺は専門家じゃないから、あんまり詳しい話は出来ないんだが、最初は漢字——この一番複雑なヤツだけ使われてたんだ。けど、見てもわかる通りちょっと複雑だから、そこから考案されたこっちの簡単なヤツが普及し始めた訳だな。やっぱり一般人が覚えやすい方が、浸透しやすいんだろうよ」

「なるほど、時の流れによる字の変化ですかー……となると、魔王様のお国はかなりの長い年月、存在していたのではないでしょうかー？」

「そうだな、遡《さかのぼ》れば、レフィの一生より倍以上長いくらいの歴史はあるぜ。勿論、途中で何度も形は変わってるんだが、大本の国が一緒であるとは言えると思う。っつーのも、大陸国家じゃなくて周囲が海に囲まれた島国だったから、その中でのみ変遷し続けてたんだ」

「……そうやって聞くと、本当にすごい世界っすよね。確か、魔力も魔法もないんすよね？　にもかかわらず、よくそれだけヒト種が発展出来たものだと思うっすよ。ここにある道具、大体が前世のものだって話だし……」

「私達からすると、おとぎ話のような、少し信じられないような世界ではありますねー」

「ハハ、まあ前世はこっちの世界程過酷じゃなかったってのはあるぞ。野生生物はいたが、魔物程厄介じゃなかったからな。こっちみたいに、たった一体で国を終わらすような生物は存在してなかったんだ」

「……何じゃユキ、その視線は」

「いや、何でも」

レフィの言葉に、俺は肩を竦《すく》める。

ウチの嫁さんは極端な例であるものの、しかしヒト種の国を滅ぼすくらいならば、訳ない程の強さを有した生物が、こちらの世界には多数存在している。

龍族、以前出会った精霊王、この魔境の森に住む魔物達。

例えば、つい最近ぶち殺した、SAN値直葬の、顔から触手を生やしていた非常に気持ちが悪かったアイツ。

感染獣、だったか？

ヤツがあのままネルの国、アーリシア王国に到達していれば、そのままあそこが滅び去っていた可能性は無きにしも非《あら》ず、だ。

そこまで行かずとも、数千、いやもしくは万単位で人間が死んだ可能性は大いにある。

それくらい、ヤツは強かった。ともすれば、レフィに助けを求めなければならないくらいに。

ヤツみたいなのの襲来が、十年に一度くらいの珍しい出来事であったとしても、十年に一度国が滅びる危機があったら、堪《たま》ったものじゃないだろう。

要するに、生物が強過ぎるのだ、こちらの世界は。

その分ヒト種も前世より大分強い訳だが、残念ながら程度は知れているしな。

「逆に俺は、魔法のない世界にいた訳だから、こっちに来てそれが使えるってわかった時は、そりゃあ嬉しかったたな」

「ふむ、そう言えばお主、初めて儂が魔法を教えてやった時、いたく感動しておったな。懐かしいものじゃ」

出会った頃のことを思い出しているようで、口元に微《かす》かな笑みを浮かべるレフィ。

「あぁ、お前に原初魔法の火を教わって、俺が自分の髪の毛を焦がしたんだったよな」

「カカ、そうじゃったそうじゃった。あれ以来お主、上手《うま》く火が使えんくなったんじゃったか。今でもそうなのか？」

俺は肩を竦めて答える。

「おう、マッチ棒の火程度が限界だ。つっても、精霊魔法を覚えたおかげで火精霊を呼び出せるようになったから、そっちでもっとまともな火魔法を使えるようにはなったけどな」

「へぇ、そんなことがあったんすねぇ」

「そう言えば、魔王様は原初魔法をかなり使いこなしていらっしゃるのに、火はほとんど使ってませんでしたねー。なるほど、そういう理由があったのですかー」

「おうよ。その頃のレフィのグータラっぷりときたら……もう、すごかったぜ」

「い、今はもう、お主らを手伝うようにもなったんじゃから、いいじゃろう！」

「そうだな。今は立派な、俺の誇れる嫁さんだもんな」

「……フン！」

ニヤリと笑うと、彼女は鼻を鳴らして俺から顔を逸《そ》らす。

可愛《かわい》いヤツめ。

――と、その時リューが、少し怯《おび》えるような、酷《ひど》く真面目《まじめ》な顔で俺へと口を開く。

「……ご主人」

「？　どうした？」

「その……ご主人は元の世界に戻りたい、なんて思ったりすること、やっぱりあるんすか？」

「え、全然ないけど？」

あっけらかんと即答すると、リューはしばし唖然《あぜん》と固まった後、言葉を続ける。

「……えっと、理由を聞いてもいいっすか？」

「おう、前世にはお前らがいないしな。どちらがいいかなんて、比べるまでもないぞ」

「あっ……」

リューの身体《からだ》を抱き寄せながらそう答えると、彼女はかぁっと顔を赤くさせ、ちょっとだけ俯《うつむ》く。

きっと、今の自身の表情を見られるのが恥ずかしいのだろう。

「だから、そこに関しては気にすんな。向こうに未練はないよ。……つっても、仮に未練があったとしても、元の世界に戻る手段なんてないだろうしな」

そもそも向こうじゃあ、俺はすでに死人だ。

そんな俺が蘇《よみがえ》りを果たしでもしたら、さぞかしゴシップ誌やテレビが盛り上がることだろう。

「確かに俺には前世があるが、それに関しちゃあ、ただ『もう一人のユキ』がいたって風にだけ、思っててくれりゃあいいよ。俺自身も、そう思ってるからさ」

「……わかったっす。ずっと一緒にいてくれるんなら、それで構わないっす。ちょっと安心したっすよ」

「お前らに愛想を尽かされない限りは、ってところはあるけどな」

ニッと笑うと、彼女もまた笑って俺を見上げる。

「えへへ、大丈夫っす、ご主人に愛想を尽かすことなんてないっすよ！　ね、レフィ様」

「どうじゃろうの、あまり阿呆なことをしておったら、わからんな」

「こう言ってるっすけど、ウチらの中で一番愛情深いのは間違いなくレフィ様っすから、何があっても最後までご主人と一緒にいるっすよね、きっと。勿論《もちろん》、ウチもそういう覚悟ではあるっすけど」

「うふふ、私もそう思いますねー」

「………………」

二人の言葉に、何にも言えなくなり、押し黙るレフィ。

そんな、大人達で過ごす午後の時間だった。

◇　◇　◇

「よし、ここはこれでいいか」

暇があれば行っている、城の内装造り。

以前と比べ、かなり進んではいるものの、未《いま》だ手を付けていない居館もまだまだある。

この辺りはもう、一生使わないような気もするが、それでもこうして城の内装造りを続けているのは、半ば趣味みたいなものだ。

男ならば誰《だれ》しも、ガ○プラを組み立てたり、ミ○四駆を組み立てたりしたことがあるだろうし、あれと同じだ。

……いや、ちょっと違うか？　まあ、大体同じようなもんだろう。

と、作業を続けていると、城の陰からこちらを窺《うかが》っている三人組の姿が、視界の端っこに映る。

レイス娘達である。

空中に浮遊しながら彼女らは、何やら互いに顔を見合わせ、コソコソと話し合っている。

……と言っても、考えていることは大体わかる。

十中八九、俺に対して行ういたずらの話し合いをしているのだろう。

フッ、だが甘かったな、レイス娘達よ。その姿が見えてしまった時点で、俺の心には余裕が生まれてしまった。

今の俺は、大河の中にひっそりと佇《たたず》む大岩。

何者も、今の俺の心を動揺させることは――。

「――っておわぁっ⁉　び、ビックリした……」

いつの間にか目の前にいたレイス娘達が、ばぁ、と言いたげな様子で俺の顔を至近距離から覗《のぞ》き込んでくる。

……どうやら、城の陰で話し合っていた姿は、三人娘の次女、ルイが使える幻影魔法が生み出した姿だったようだ。

そちらで姿をわざと見せ、その間に本物の彼女達は俺を驚かせるために近寄ってきていた、と。

クッ……流石《さすが》だ、レイス娘達よ。

日々、人の意識の空白を突くのが上手くなっているな……。

「一本取られたぜ、お前ら……」

そう言うと、長女レイは「うふふ、すごいでしょ！」といった感じでにこにこと笑い、次女ルイは「これくらい、私達の手に掛かれば余裕なのよ！」といった感じで胸を張り、三女ローはあんまり内心を窺わせないような微笑で、しかし嬉しそうに俺の周囲をくるくると回る。

うーん、可愛い。

レイス娘達の様子に和んでいると、彼女らは俺の両手をちょいちょいと引く。

――主《あるじ》も一緒に遊ぼう、と。

「ふむ……そうだな、一緒に遊ぼうか」

俺は、ニヤリと笑った。

「――いたぞ、ターゲットだ」

俺達の前にいるのは、何やら上機嫌そうな様子で洗濯物を干している、リュー。

「レイ、念力を操り、風で飛んだ感じを装ってバスタオルを指定ポイントに飛ばせ。ルイ、ロー、幻影魔法と精神魔法の準備を――」

「えへへぇ……ご主人が、とっても可愛いって、お前がいないとダメだって……全く全く、ご主人は相変わらず誑《たら》しの才能があるんすからぁ」

鼻歌でも歌い出しそうな上機嫌さで、彼女は腰をクネクネし、口元をニヨニヨとさせている。

……昨夜は、彼女と二人だけで旅館の方で寝たのだが、それがよほど嬉《うれ》しかったようだ。

「……な、何だよ、お前ら。何か言いたいことでもあるのか?」

揃《そろ》ってこちらを見上げてくるレイス娘達に、俺は誤魔化《ごまか》すようにゴホンと一つ咳払《せきばら》いしてから、彼女らへと指示を出す。

「行け、作戦開始だ」

俺からゴーサインが出ると同時、レイが念力を発動し、なびかせるように動かしながらバスタオルをこちらまで飛ばしてくる。

「あっ、ちょっと、待つっすよー、バスタオル君」

リューは油断し切った様子で、のんびりと下に落っこちたバスタオルを取り上げ――その下に、ある落とし穴に、そのまま転げ落ちる。

「へ？　――うひゃあああ⁉」

勿論、こんな短時間で落とし穴は作れないので、実際に穴が空いていた訳ではない。

ルイが幻影魔法で大穴の幻影を生み出し、ローが精神魔法で落下の感覚をリューに植え付けただけだ。

しかしそれを知らないリューは、恐らく今、本当に大穴に落っこちているような錯覚に陥っていることだろう。

まあ、あんまり深い精神魔法を使用してしまうと、気分を悪くさせてしまう可能性があるため、魔法の掛け具合は軽ーくだ。

実害のあるいたずらはいたずらじゃないので、その辺りの線引きはしっかりするよう、レイス娘達には言い聞かせてある。

と、やはり魔法が軽かったからか、五秒もしない内にそれが解けたようで、両手と両膝《りょうひざ》を地面に突き、ゼーゼーと呼吸を繰り返すリュー。

「ワハハ、まんまと引っ掛かったようだな、リュー！」

「ご、ご、ご主人！　ご主人っすか、このいたずらを考えたのは！」

「如何《いか》にも」

「如何にも、じゃないっすよ、もう！　ご主人がレイスの子達と一緒にいたずらすると、一気にいたずらの度合いが鬼畜になるっす！」

うむ、いい褒め言葉である。ありがとう。

「フフフ、ビックリしたか？」

「そりゃあ、ビックリしたっすよ！　謝罪と賠償を要求するっす！　ぐ、具体的には、その……今日も添い寝を要求するっす！」

「え？　う、うむ……いいだろう」

「え、えへへ……そうっすか。なら、今のいたずらに関しては、不問にしてあげるっす！」

俺の言葉にリューは、少し頬《ほお》を赤くしながらパァ、と咲いた花のような綺麗《きれい》な笑みを浮かべ、こちらを見上げた。

……やめろ、レイス娘達よ。

そんな顔で、こっちを見るんじゃない。俺だって、そんなつもりじゃなかったんだ。


――気を取り直して、次。

「見つけた、二人目のターゲットだ」

我ら『いたずらし隊』が、リューの次に定めたターゲットは――レイラ。

現在彼女はキッチンにて、包丁を使いトントントンと小気味良い音を立て、手際良く料理をしている。

フフフ、いつも冷静沈着、余裕のあるにこにこ顔を崩さない彼女が、どんな慌てるサマを見せるのか、今から楽しみだなァ！

あ、けど、包丁や火を使っている時は危ないので、狙《ねら》うはそれ以外のタイミングだ。

「よし、今だ！　レイ！」

レイラが野菜を切るのを一段落させ、包丁を置いた瞬間を見計らってレイは念力を発動すると、キッチンの台に掛かった台拭《ふ》きをハラリと下に落とし――が、レイラは特に見もせず落ちてきた台拭きを空中でキャッチすると、台の上に戻し、何事もなかったかのように料理の続きに戻る。

な、何……!?

キャッチした、だと……!?

「クッ、レ、レイ、もう一度だ！」

俺達のいたずらは、大体全《すべ》てレイの念力を起点にして行われるので、彼女の魔法が通らないと作戦が続行出来ないのだ。

レイは俺の言葉に従い、もう一度念力を発動して、今度は台拭きと同時に木製コップを落とし――しかしレイラは、それが床に落ちる前に両手を使って両方ともキャッチし、台の上に戻すと、何も気にした様子もなく再度料理へと戻る。

なっ……ど、どういうことだ！
ヤ、ヤツは、フォースの使い手だとでも言うのか!?
……フォースはメイドと共にあり、メイドはフォースと共にある……フォースは、おとぎ話ではなかった、ということか。

だが、ジェダイのメイドよ……貴様は理解していない。

最後に勝つのは、我ら、帝国軍である‼

「こ、こうなれば直接干渉だ。レイよ、レイラのスカートをめくるんだ。そうして気を逸《そ》らしている間に、作戦を決行するぞ！」

ク……クックックッ、流石のレイラも、自身のスカートがめくられそうになれば、慌てふためくに違いない。

彼女が羞恥《しゅうち》に顔を赤くする瞬間を、是非とも拝ませてもらおう！

「今だ！　スカートをめくれ――」

「あー！　おにいちゃんがレイちゃん達にお願いして、レイラおねえちゃんのスカートめくりしようとしてるー！」

――その声に後ろを振り返ると、いつの間にかそこにいたイルーナが、キッチンの方をこっそり窺っていた俺達に、糾弾するように指を差していた。

「ばっ、こ、声がデカい、イルーナ！　ターゲットに気付かれるだろう！」

「いけないいんだー！　おにいちゃん、女の子のスカートはめくっちゃいけないいんだよ？」

「ち、違う。それは誤解だ、イルーナ。俺達はただ、レイラにいたずらを――」

「うふふ、そうですかー、私にいたずらをー」

「そう、お前にいたずらを――待て、レイラ。ち、違う。違うんだ。あっ、ず、ズルいぞ、お前ら！」

いつもの微笑を口元に湛《たた》え――氷のような笑みを浮かべるレイラを見て、形勢悪化と判断し一目散に逃げ出すレイス娘達。

脱兎《だっと》の如《ごと》く、という言葉がピッタリくるような、とても手慣れた見事な逃げっぷりである。

だが、そのせいで残されたのは、俺と、腕を組んでちょっと怒った様子のイルーナと、悲しそうな顔をするレイラ。

「私は真面目《まじめ》に働いていたというのに、魔王様は私にいたずらを、することに夢中になっていたとー」

「あ、あの、レイラさん、いたずらの部分をそんな強調されると、微妙に誤解を生みそうな気がするので、やめていただけると嬉しいかなーって……」

「おにいちゃん、言い訳しない！　ほら、レイラおねえちゃん、泣いちゃったじゃない！」

「い、いや、すまん、その、ちょっと脳内での銀河戦争が白熱してしまいまして――ていうか、レイラお前、実は意外と楽しんでるだろ⁉」

「さぁ、何のことですかねー」

泣くような素振りを見せていたのに、イルーナが俺を怒り始めた瞬間、ケロッと表情を変え楽しそうな笑みを浮かべるレイラ。

こ、コイツ……俺をからかってやがるな！

主人をからかうとは、何てメイドだ！

「もう、おにいちゃん、そうやって話を逸らそうとするのは、よくないんだよ！　レフィおねえちゃんとリューおねえちゃんに言いつけちゃうんだから！」

「あ、ま、待ってください、イルーナさん。それは勘弁していただけると……わ、私も、反省していますので……」

「ごめんなさいは？」

「ごめんなさい」

幼女に怒られる俺を見てレイラは、それはもういい笑顔をしていたのであった。

◇　◇　◇

俺は玉座を立ち上がり、言った。

「――諸君。お花見をしよう」

「お、ユキがまた何か言い出したぞ」

「はい、ご主人、どうしたんすか？　何でも聞くっすよ」

「おう、そんな、子供をあやすような口調はやめてくれないかね？」

コホンと一つ咳払いし、俺は言葉を続ける。

「花見だ、花見。たまにはそういうのもいいかと思ってな。旅館の庭に生えてる桜の木が満開になってたからさ」

「いや、そもそも花見というものが何なのかわかっておらんのじゃが」

む、そうか。

「花見ってのは、あれだ。要するにピクニックの一種だ。旅館の方に、最近ピンク色の花を咲かせている綺麗な木があるだろ？　あれの下でシートを敷いて飯を食うんだ」

「ならば、普通にぴくにっくと言えばよかろう。わざわざ差別化する必要があるのか？」

「わかってないなぁ。ピクニックは一年を通して出来るが、お花見は春にしか出来ない……こともないな。ここ、春ないし」

その気になれば、多分ダンジョンの力で年がら年中花を咲かせることも出来るだろう。

むしろ、春でもないのに咲いたあの桜の方が、割と謎かもしれない。

「おにいちゃん、ピクニックするの⁉　なら、わたしはおにぎり担当する！」

「シィは、レタスをちぎるね！」

「む……エンは、何をすればいい？」

ピクニックという言葉を聞いて、幼女達が一気に元気良く騒ぎ出す。

「うむ、みんなで準備しようか。エンは、それじゃあブロッコリーを切ってもらおう。あ、まな板まで切らないようにな」

エンは、やはり本体が刀であるが故に達人並に刀剣類の扱いが上手《うま》く、俺が調子に乗って作ったメッチャ斬れ味の良いアダマンタイト製の包丁とかではなく、市販で売ってそうな普通の包丁でも、まな板まで切ってしまったりするのである。

確実に俺より剣術に優れているし、割とマジで剣豪と言ってしまっても良いのではなかろうか。

「ま、わかったわかった。別に、ぴくにっくが嫌という訳ではないでな。……今回も、ネルは不参加か。仕方がないとはいえ、少し不憫《ふびん》な奴《やつ》じゃのう」

「確かに、可哀想《かわいそう》っすねぇ……ご主人、次はネルがいる時にお花見でもピクニックでもしましょう？」

そんなことを言うレフィとリューに、俺はチッチッ、と指を振り、ニヤリと笑みを浮かべる。

「フフフ、実はな。ネルにはもう話をしてあって、『絶対に行く』というお言葉をいただき、参加することが決定しています」

「……彼奴、今すごく忙しいと言っておらんかったか？」

「うむ、とても忙しいとおっしゃっていました。なので、彼女の日程に合わせ、明後日《あさって》にお花見をしようと思います」

帰りは、超速モフリル便で王都まで送ることが決まっている。

ここから一番近い、辺境の街アルフィーロまでは『扉』を繋《つな》げてあるので、そこから進むとなると半日もしないで王都まで辿《たど》り着《つ》くことが出来るだろう。

超速モフリル便は、普通に馬車で帰るより、数倍疲れるそうだけどな。ネル曰《いわ》く。

そこまでしてでも、花見に参加したかったらしい。

彼女も、最近は自身のしたいことをハッキリと「したい」と言うようになり、嬉《うれ》しい限りだ。

「がんばってるネルおねえちゃんに、美味《おい》しいもの食べてほしい！」

「お、よく言ったぞ、イルーナ君。では彼女のために、素晴らしい料理を作ろうではないか。よし、今日から肉を煮込むぞ！」

「あら、ではビーフシチューですかー？　これは腕が鳴りますねー」

「む、レイラに火が点《つ》いたか。俄然《がぜん》料理が楽しみになってきたの」

「ええっと、ピクニックなんすよね？　ピクニックにビーフシチューって、持ち運べるんすか？」

「クックックッ、甘いな、リューよ。この魔王の手に掛かれば、不可能など――」

「ついこの前魔王様が用意された、金属製のポットがありますので、スープ系の持ち運びも可能なんですよー」

「……レイラさん、今、私がそれを勿体《もったい》つけて紹介しようと思っていたところなんですが」

「それは失礼いたしましたー」

あんまり心が籠《こも》っていない様子で、にこにこしながらそう言うレイラ。

……レイラさん、あなた最近、私のあしらい方がテキトーではないでしょうか。

まあ、いいんだけどさ。

「そうじゃな、では儂《わし》は、久方ぶりに魔境の森に行って、奥地に住まう魔物でも狩ってくるかのう」

「あー、レフィ。そうしてくれるとすごくありがたいが、先に言っておくと食えるものを狩ってきてくれよ？」

「わ、わかっとるわ！」

以前同じ感じで、自信満々でレフィが狩ってきた魔物、肉の部分が毒性を帯びていて全く食えなかったからな。

俺なんかじゃあ、自分が三人いても勝てないような魔物だったから、超絶高級食材なのは間違いないんだろうけど。

……いや、そもそも食えないなら食材ではないか。

「じゃあウチは、玉子焼きと……あと何かを作るっす！　最近ウチ、玉子焼き得意なんすよ！」

「ほう？　それは知らなかったな。是非楽しみにしておこう」

「フフフ、ウチだって毎日、ご主人に相応《ふさわ》しいお嫁さんになるべく努力しているんすから！」

片腕を腰に当て、もう片腕でブイと指を立てるリュー。可愛《かわい》い。

と言っても、彼女がレイラに教わり、料理を一生懸命勉強していることは知っている。

どれくらい上手くなっているのか、割とマジで楽しみだな。

そんな感じで俺達は、お花見に向けて準備を進めていった――。

◇　◇　◇

「おー！　すごい！　本当に綺麗《きれい》に咲いてる！」

ちょっと前に帰ってきたネルが、満開に咲いた桜を前に、歓声をあげる。

「ピンクいろ～！」

「……綺麗」

「あれ？　ここ、こんなに木、生えてたかな？」

「お、良いところに気付きましたね、イルーナさん。実はここの桜の木、今回の花見に合わせて増やしたんですよ」

旅館の庭の範囲を大幅に拡大し、数本桜を新たに植え、お花見に最適なスポットを作り上げたのだ。

フフフ、魔王はどんなものに対しても本気なのだよ。

花見をやるならば、木を生やすところからやるのが魔王流というものである。

「ほれ、お主ら、準備を手伝えー」

「「「はーい」」」

「……ご飯、楽しみ」

レフィの言葉に、ネル、イルーナ、シィの三人が揃《そろ》って返事をし、食べるのが大好きなエンがワクワクした様子でそう言う。

「ご主人、シート、そっち側持ってくださいっす！」

「オーケー」

俺はレジャーシートのリューが掴《つか》んでいるところとは反対側を掴み——と、それを見てニヤッとしたレイス娘達の長女レイが、念力でリューの方のレジャーシートを、まるで風で靡《なび》いたかのように浮かす。

「うひゃあ、飛んでっちゃうっす——って、何でやねーん！」

ビシ、と伸ばした掌《てのひら》を、いたずらを敢行し終えたレイに向けるリュー。

レイと俺は、顔を見合わせた。

「……あの、もう一回、もう一回やり直しを要求するっす。今のは失敗っす」

「えー？　あんなこと言ってるけど、どうする、レイ？」

俺の隣でふよふよ漂うレイは、「えー、仕方がないなぁ。もう一回だけだよ？」と言いたげな様子で、再度念力を発動する。

再度、まるで風に揺られるかのように、ふわりと浮くレジャーシート。

「ふっ……待ちな、かわい子ちゃん。そんなに焦って、どこに行くというんだい？」

「面白くないので減点。今日のお前の飯無しな」

「罰が厳しい⁉」

そう、彼女らとふざけていると、レフィが俺達に口を開く。

「お主ら、ふざけておらんで早く敷かんか」

「……早く。お腹空《なかす》いた」

レフィの後に、待ち切れないといった様子で言葉を続けるエン。

「あ、すまんすまん。ほら、リュー、ふざけてないでちゃんと持て」

「ご主人、ウチのせいにするのはズルいっすよ。怒られる時は一緒っすからね」

と、その時、最後の仕上げを終えたのか、大きな弁当を持ったレイラが旅館の方から現れる。

「あ、レイラおねえちゃん、お弁当持ってってあげる！」

「あら、ありがとうございますー。揺らしては駄目ですよー？」

「わかってるー！」

レイラから大きな弁当を受け取ったイルーナが、トテトテとこちらまで駆け寄り、俺とリューが敷いたレジャーシートの上に置く。

「よいしょ！」

「シィは、すいとうはこぶ！　ヨいしょ！」

イルーナの隣で、大きな水筒を同じように置くシィ。

彼女らは靴を脱いでレジャーシートの上に乗ると、まずイルーナがゴロンと転がり、それを見てニッコニコ顔のシィが真似《まね》して転がる。

「みんなー早くおいでー！　来ないとこのまま寝ちゃうんだから！」

「ふほうせんきょダー！」

「むっ、それはいかんな！　では俺も、他の者達がすぐにこちらに来るよう、不法占拠してしまおう！　フーハハハッ！」

「「きゃーっ」」

弁当と水筒を蹴《け》らないよう奥に置いてから俺は、彼女らの近くに飛び込むようにして転がった。

「あははっ、じゃあ僕も！」

「それじゃあ、ウチも！」

「ぐおっ、ハハ、お前ら」

笑いながらネルとリューがこちらに飛び込んでくるので、俺は二人を抱き留める。

彼女らの柔らかい身体《からだ》が感じられて、とても気持ちが良い。

「全く……童女どもはともかく、お主らは」

「レフィ様、尻尾《しっぽ》がピクピクしてますよー？　本当は参加したいんですよねー」

「あ、阿呆《あほう》！　そんなことないわ！」

からかうようなレイラの言葉に、ちょっと顔を赤くしながら否定するレフィ。

「……ねぇ、早く、ご飯」

ちなみにその中でエンだけは、全くブレずにずっと飯の催促をしていた。

ごめんごめん。

――それから一分程で、俺達は飯の準備を終え……。

『いただきます』

俺達は手を合わせ、それぞれ箸《はし》やスプーンなどを手に取る。

「うーん、いい匂《にお》い！　すごいね、このビーフシチュー。とっても美味《おい》しそう！」

「それ、おにいちゃんとレフィおねえちゃんが、がんばって作ったんだよ！　確か、レフィおねえちゃんしかやっつけられないとっても強い魔物を、レフィおねえちゃんがやっつけてきて、そのお肉の一番おいしい部分をおにいちゃんが解体してゲットして、お料理に使ってるんだって！」

「へ、へぇ……そうなんだ。そこまで来るとこのビーフシチュー、王侯貴族でも食べられないような、超高級料理だねぇ……」

微妙に引《ひ》き攣《つ》ったような笑みを浮かべるネルに、リューが口を開く。

「ネル、見てくださいっす！　この玉子焼き、ウチが作ったんすよ！」

「へぇ？　……んっ、美味しい！　リュー、とても美味しいよ！」

「お、どれどれ……お、本当だ。美味《うま》いな」

しっかりと出汁《だし》が利いていて、かといって辛過ぎることもなく、とても美味い。

「フフフ、そう言ってくれるととっても嬉しいっす！　これからどんどん練習して、レイラ並の料理の上手《うま》さになるっすから、待っていてほしいっす！」

「あら、では私の知る技術を全《すべ》て伝授しなければなりませんねー。お料理は魔術と似ていて、理論さえ覚えればすぐですので、リューがその気なら、教えてあげますよー？　二年くらい、本気で理論のお勉強をしてもらうことになると思いますがー」

「……やっぱり、こういう手の込んだ料理はレイラに任せるっす！　ウチは、軽い料理だけ出来るようになるっす！　お勉強は、嫌いなんで！」

「おう、随分と意志が折れるのが早い上に、言い切ったの」

彼女らのやり取りに声をあげて笑っていると、そんな中でシィがエンへと問い掛ける。

「エンちゃん、それ、おいしイ？」

「……とても美味しく、素晴らしい。シィも、いっぱい食べるべき」

「わかっタ！　うーん、おいしいものいっぱいで、しあわせだネ～」

「幸せ幸せ～！　し～あ～わせのうた～！」

「しあわせのうただ！　イルーナがいっぱいしあわせなときニ、うたううただ！」

ちょっと調子の外れたその歌を、エンとシィが同じように歌い、桜の木に登って遊んでいたレイス娘達がクルクルと回る。

最高に可愛《かわい》い。

「あはは、いい歌だね。それはイルーナちゃんが考えたの？」

「うん！　あのね、おにいちゃんが、嬉《うれ》しかったり楽しかったりする時はちゃんとそうだって言った方が、もっと嬉しかったり楽しかったりな気持ちになれるって言うから、いっぱい言うことにしてるの！」

「それはいいね、僕も良い気分の時はちゃんとそうだって言うことにするよ。今、こうしてみんなとご飯が食べられて、とっても嬉しいかな」

「うむ、俺達も嬉しいぞ、お前とこうしていられて！」

俺は隣のネルをギュッと抱き寄せる。

「あっ……えへへぇ」

「む！　ちょっと羨《うらや》ましいっすけど、ネルは普段いられないから何も言わないでおくっす！　代わりにウチは、レフィ様を抱き締めるっす！」

「おっと、ならば儂は、レイラを抱き寄せてやろう。うーん、柔らかでいい匂い」

「うふふ、ありがとうございますー」

「うれしうれし～！　う～れ～しいときのうた～！」

「うれしいときのうたダ！　つかいまわしで、おなじフレーズだけど、うれしくなっちゃううただ！」

「あははは っ」

俺達は心の底から大笑いしながら、ぶっちゃけあんまり桜は見ていなかったが、花見を続けた――。

◇　◇　◇

「この反逆が、如何なる結果を残すのか……覚悟は、出来ているんだな？　ちゃんと、わかっていてやっているんだろうな？」

「フン……わかっているからこそ、儂《わし》はこうして行動しておる。お主こそ、理解しておるのか？　儂が本気になれば、お主には為《な》す術《すべ》などない、ということを」

「言うじゃないか、レフィ‼　いいだろう、ならば今日こそ決着を付けるとしよう。――コイツで‼」

そう言って俺は、バッと構える。

――バドミントンのラケットを。

対しレフィもまた、握ったバドミントンのラケットを、ビシ、と俺に向ける。

「覚悟せい‼　今日こそお主をギッタギタにしてやる‼」

「そうか、是非とも楽しみにさせてもらおうか‼　――行くぞ、食らえ、殺人ミサイルサーブ‼」

わざわざD　P《ダンジョンポイント》で生み出したコートの片側から、ビュウン、と、魔王の殺人ミサイルサーブをネットの向こう側へと放つ。

恐らく、前世であれば世界一であろう速度の俺のサーブは……しかし、非常に身体能力の高いレフィによって、簡単に打ち返される。

「これで殺人とは、片腹痛いわ‼　行けっ、覇龍衝波‼」

まるで、弾丸染みた速度でシャトルが迫り来るが……まだ、見える範囲内だ。

「なんの、これしき‼　魔王ゴッドブレス‼」

俺は原初魔法の『風』を使用し、シャトルの軌道を変化させながら打ち返す。

「ぬっ、そう来たか‼　いいじゃろう、ならばこうじゃ‼　覇龍幻影弾っ‼」

どうにかシャトルにラケットが追い付いた我が宿敵は、思い切り腕を振り抜いて打ち返し――突如、シャトルが十数個に増える。

「な、何ぃッ⁉」

恐らく、レイス娘達の次女ルイの使う、幻影魔法と同じようなものだろう。

そのどれが本物かを見抜くことが出来ず、俺のラケットは空を切り――シャトルが、地面に落ちる。

「…………」

コートから明後日《あさって》の方向に。

「い、今のは少し力んでしまっただけじゃ！　それより、早く次を打って来んか！」

思わず無言で彼女の方を見ると、ちょっと顔を赤くしてそう捲《まく》し立《た》てる我が宿敵。

「なんか……おにーさんとレフィがああいう遊びをすると、一気に別物になるね……というかレフィって、結構運動出来るんだね。少し意外かも」

「おねえちゃん、とっても目が良くて、動きが速いから、強いんだよ！」

「レフィおねえちャン、うんどうつよイ！」

「……ん。強い」

「頭を使う系はご主人の方が強いっすけど、身体《からだ》を動かす系はレフィ様の方が優勢っすねぇ」

レジャーシートの上でのんびりとしている観戦組が、口々にそんなことを言う。

そう、覇龍としての身体能力を発揮出来る分、スポーツ系に関して言うとレフィはかなり強いのだ。

俺が経験済みで、彼女が初めてやったスポーツとかならば、最初の数戦は俺が勝つが、何度もやっているとだんだん負け始めるのである。

だが――それでも、俺が一方的に負けるだけ、ということはない。

イノシシは確かに強いが、しかし突進しか出来ないと知っているならば、やりようはある。

クックックッ、お前のクセは、知り尽くしているぞ‼

俺は、レフィがコート外に飛ばしたシャトルを拾い、サーブの位置に着く。

我が宿敵はポンコツだが、しかしその圧倒的な身体能力故に、観察眼が凄《すさ》まじい。

例えば、俺がチラリと視線をレフィのコートの一か所に向けるとする。

すると、彼女はピクッと反応してそちらに意識を向け――。

「そこだァッ‼」

「ぬっ⁉」

レフィの意識が向いた反対側へと向かって殺人サーブを放つと、我が宿敵は反応が遅れ、どうにかこうにかギリギリのところでラケットに触れる。

そうしてヒョロヒョロで返ってきたシャトルは、だが、俺にとって絶好球である。

「くたばれレフィィイッッ‼　魔王ヘルファイアアッッ‼」

「ぬわあああ⁉」

ズゥンと放った俺のスマッシュは、レフィのコートの一角にギュルルルと突き刺さり、やがて停止する。

「フッ……この程度か、我が宿敵の実力は……期待外れだな」

「ぐ、ぐぬぬ……いいじゃろう‼　そこまで言うのならば、儂が新たに会得した最終奥義を見せてやる‼」

と、レフィは突如レジャーシートの方に行くと、置かれていた酒瓶の一本を手に取り、ゴクゴクと飲みながらこちらに戻ってくる。

「――プハッ……クックッ、これでお主はもう、儂を止めることは出来ぬじゃろう……」

「ま、まさか……それは、酔拳バドミントン⁉」

「フッ、気が付いたか。果たして今の儂に、どれだけお主が付いてこれるかの？」

ちゃんと酒瓶を端っこの方に置いてから、ニヤリと笑みを浮かべる我が宿敵。

なお、酔拳とバドミントンにどんな関係性があるのかは謎である。

「恐れ戦《おのの》くが良い、我が史上最強の強敵よっ‼　これでお主を、屠《ほふ》ってやるッ‼」

レフィはポンとシャトルを上に飛ばし、ブゥンと俺の方にまで風圧を感じるような物凄《ものすご》い勢いでラケットを振り――そして、空振る。

「あいたっ」

落ちてきたシャトルが、ポトンとレフィの頭にぶつかった。

「……お前、普通に酔っただけじゃねえか」

「ち、違う！」

「――フゥ、いい汗掻《か》いたぜ。さて、敗者には酌でもしてもらおうかな？」

「ぐ、ぐぬぬ……仕方があるまい、次こそは勝ってやる」

ニヤニヤしながらレフィの方に杯を出すと、我が宿敵は悔しそうにしながらも大人しくそれに注《つ》ぐ。

「うむ、苦しゅうないぞ。ほれ、もっとこちらに来たまえ」

「……フン、仕方がないのう」

そう言いながら、レフィは満更でもない様子で俺に身体をもたせかける。

「うわ、おにーさん嬉しそうな顔しちゃって。全く、相変わらずラブラブなんだから」

「フフフ、嫉妬《しっと》してるのかぁ？　可愛《かわい》いヤツめ。ほら、ならば君はこっち側に来たまえ」

「！　えへへ……じゃあ、遠慮なく！」

ポンポンと、レフィとは反対側の俺の隣を叩《たた》くと、ネルは嬉しそうに俺に身体を寄せる。

「む！　ご、ご主人、ウチは！」

「お前は、俺の膝上《ひざうえ》だ」

「膝上！　ふふふ……やったぜ」

リューは俺の膝を枕に、ゴロンと転がる。

酒を飲みながら、三人の嫁さんに囲まれる。

彼女らの柔らかい身体の感触と甘い香りに包まれ、とても気分が良い。

なんて素晴らしいんだ……ここは天国か。

ちなみに、現在幼女組は、全員でペット達と触れ合って遊んでいる。

今は、背中に乗って乗馬ごっこをしているようだ。我がペット達も、大分幼女の相手には慣れたようで、如才なく相手をしている。

なので、ここに残っているのは我が嫁さん達とレイラなのだが……そのレイラはというと、現在ニコニコしながらチビチビと酒を飲んでいる。

あの子、結構お酒好きよね。

「レイラも、こっちに来ましょうよ！」

「……うふふ、では、失礼しますねー」

リューの言葉に、レイラはふといたずらっぽい顔をして、こちらに近寄り——ポンと俺の背中から腕を回し、抱き着くようにしてもたれかかってくる。

彼女の豊満な胸が俺の背中に押し付けられ、とても気持ちが良い。

「あー！　レイラ、それはずるいっすよ！」

「そ、そうじゃぞ、レイラ！　ユキ、お主もだらしない顔をするでないわ！」

「れ、レイラのおっぱい、恐るべし……」

即座に声をあげる彼女らに、ニヤリと笑みを浮かべた俺は、片手で後ろのレイラの頭を撫《な》でる。

「悪いな、お前ら。実はレイラとは、お前らの見てないところでラブラブだったんだ」

「あら、魔王様との蜜月《みつげつ》が、みんなに知られてしまいましたねー。実は魔王様には、とても良くしていただいていましてー」

「む！　……まあ、別にレイラならば良いか。全く、それならそうと、コソコソしておらんで言わんか、阿呆《あほう》」

「とうとう、って感じっすねぇ」

「レイラ、可愛いし頼りになるもんねー。まあ、好きになっちゃうのもわかるかな」

「……あの、君達、冗談なので。そう簡単に話を受け入れられると、ちょっと困るのですが」

あっさりと受け入れる三人に苦笑を溢しているると、そこでレイラは、何故か少し寂しそうな表情を浮かべる。

「そう、ですね、冗談ですー。あの夜はただの過ち。全《すべ》てが、仮初めだったのですからー……」

「え、レイラさん？」

「魔王様は、それはもう深く愛してくださりましたがー……もう、忘れてしまいましょう」

「えっ、レイラさん⁉」

何で君、そんな昼ドラみたいなこと言ってんの⁉

「なっ、ユ、ユキ、男ならばしかと責任を取らんか‼　そんな甲斐性《かいしょう》無しに育てたつもりはないぞ‼」

いや、育てられたつもりもないですし。

「お、おにーさん！　それは、良くないよ！　ぼ、僕も一緒に謝ってあげるから……」

いや、一緒に謝ってどうするんですか。

「……ハッ、よくよく考えてみれば、最強メイドのレイラがご主人のお嫁さんにまでなったら、お、同じメイド枠のウチが勝てるところが何一つない⁉　こ、これは、ウチのアイデンティティの結構な危機なのでは⁉」

君はちょっと、落ち着いてください。

「ま、待て、お前ら、冗談だって。別に俺、何にもしてないって」

「ええ、勿論《もちろん》そうですともー。魔王様とは……何も、なかったのですー」

「レイラさん、あなたはちょっと黙っていてください」

「その言い種《ぐさ》は何じゃ、ユキ‼　お主はもっと、反省せい‼」

「ご主人、それは良くないっす、それは良くないっすよ‼」

「おにーさん……僕、悲しいよ」

「待て、わかった。悪かった、俺が悪かったから、とりあえず君達、一旦《いったん》落ち着いて俺の話を聞いてくれないか」

怒ったり悲しんだりの彼女らに対し、しどろもどろになる俺を見てレイラは、楽しそうに小さく「フフ……」と笑っていた。

……君も、やるようになったじゃないか。

あとレイラさん、あなた、絶対酔ってるでしょ。

◇　◇　◇

——昼に目一杯ふざけ、エネルギー切れで幼女達が寝静まった室内。

大人組も酒が入っているためにすでに深い眠りに就いており、まだ起きているのは俺とレフィのみである。

「ぐぬっ……お前もいい手を打つようになったじゃないか、レフィ」

「フッフッフ、儂《わし》とて成長するのじゃよ」

俺達は、ほぼ日課になっているボードゲームで勝負していた。

今日は、将棋。

最近レフィも、それなりにボードゲーム類が強くなってきており、苦戦させられることが増えてきた。

まあ、毎日こうして対戦している訳だしな。上手《うま》くならない方がおかしいというもんだ。

「……ふむ、認めよう。お前は確かに強くなった。強くなったが——まだ俺の方が強い！」

バシ、と駒《こま》を進めると、彼女は「うっ」と唸《うな》る。

「……な、ならばここじゃ」

「フハハハ、残念だったな。王手だ」

「ぐっ——負けじゃ、負け！　いい線行っておったと思うたのに」

「フフフ、確かにお前の勝率は上がってきたが、まだまだそう簡単に負けはせんのだよ」

と言っても、今の勝負も大分ギリギリではあったのだが。

……ちょっと、レイラに相手してもらって、特訓するかな。

きっと、的確な助言をしてくれることだろう。

「……さ、儂らもそろそろ寝るか。あんまり起きるのが遅いと、童女爆弾の餌食になるからの」

「ハハハ、そうだな」

レフィの言った『童女爆弾』とは、俺達が寝坊した時に、レイラの指示によって起こしに飛んでくる幼女達のことだ。

朝になって回復し、有り余る元気で起こしに掛かってくるため、それはもう劇的に目を覚ますことが出来るのである。

俺達は笑いながら、将棋盤の片付けを始める。

駒を全て箱に入れ、おもちゃ類を突っ込んである棚にしまいながら、俺は隣の少女へと向かって言った。

「――な、レフィ」

「うむ？」

「子供でも作るか」

その俺の言葉に、彼女はかぁっと顔を赤くさせ、少しはにかみながら、こちらを見上げる。

「……お主が望むなら……ま、いいぞ。お主の子なら、幾らでも産んでやる」

そんな豪気なことを言ってくれるレフィが無性に愛《いと》おしくなり、俺は彼女の頭を掻き抱《いだ》く。

彼女もまた、抵抗することなく俺に身体《からだ》を預け、こちらの胴へと腕を回す。

柔らかい彼女の身体の感触。

もはや、嗅《か》ぐと条件反射で安心してしまう、甘い香り。

「じゃが……どういう心境の変化じゃ？　お主は今まで、その……あまり、そういう行為をしようとはせんかったが」

俺は、銀髪の少女と密着したまま、眠る幼女達の方を眺め、口を開く。

「――俺はさ、レフィ。自分が、本当にどうしようもない存在だと思ってるんだ」

「…………」

俺の言葉に、彼女は黙って耳を傾ける。

「自己中心的で、自分の好きなことにしか興味がなくて、多分ここにいるヤツらの中じゃ立派って言葉から最も程遠いのが俺だと、そう思ってるんだ。とても、人の親になれるような男じゃないってな」

「……儂から見れば、お主は立派にここの主としてやれていると思うが」

こちらを案じるかのように、キュッと片手の指を絡ませてくる彼女に、俺は大丈夫だと示すため、笑いかけながら言葉を続ける。

「お前と、ここのみんなとふざけて過ごす毎日は大好きだが、自分が子供を作って、何かを教えられるとはとても思えなかった。自身の子の人生、自身の子の『命』に責任を負って育てるなんて、とてもじゃないが出来そうもないって。……けど、最近少し、自信が付いてきてな」

「ふむ？」

「こっちが本気で当たれば、子供らもその本気をわかってくれるんだってことを、最近わかったんだ。こっちが愛情持って接すれば、ちゃんとそれに応《こた》えてくれるんだって。……なんか、愛だなんて言うと、ちょっと恥ずかしい感じだが」

「カカ……ま、言いたいことはわかるぞ」

小さく、微笑を浮かべるレフィ。

「それにさ。俺一人じゃダメ人間でも、俺は一人じゃない。俺がダメなところはお前が補えばいい。お前がダメなところは俺が補えばいい。んで、二人揃《そろ》ってダメなところは、ネルやリュー、他のヤツらに補ってもらえばいい。そういうことが出来る家族がここにはいる」

「そうじゃな……お主には儂らがいるし、儂らにはお主がいる。それが、家族というものじゃ」

彼女の言葉に、俺はコクリと頷《うなず》く。

「あぁ。そう考えたら、何だかそれなりにやれそうな気がしてきたんだ。だったら俺は、お前との子供が欲しい。お前と一緒に、この世界を生きたという証《あかし》が欲しい。——お前は、どうだ？」

そう問い掛けると彼女は、俺の瞳《ひとみ》をジッと見詰め、答える。

「……ユキ。儂はお主を、心の底から愛しておる。お主と共に生きるためならば、世界を敵に回し、滅ぼしてもいい。そうである以上、お主からそう言われて、嫌な訳がない。お主と共に、この世に証を残せるなど……嬉《うれ》し過ぎて、言葉もないわ」

銀髪の少女は、目尻《めじり》に涙を浮かべながら、口元に微笑《ほほえ》みを湛える。

内心の感情が滲《にじ》み出《で》るような、とても、とても綺麗《きれい》な微笑みだ。

「あー……なら、すまん、待たせちまったか？」

「カカ、ま、お主の心配もようわかるし、確かに子育てというものも、大変じゃろうからな。それでも……お主と、そしてここの皆がおれば、これまでのように、これからもやって行けるじゃろう。お主と共にならば、どんなことがあっても乗り越えられるじゃろう。儂は、そう思っておる」

「あぁ……俺もだ」

コツンと、レフィと額を合わせる。

俺の頬《ほお》をくすぐる、熱い吐息。

潤んだ瞳。

両手の指を絡ませ、しばし銀髪の少女と見詰め合う。

俺とレフィだけが、存在する世界。

俺はゆっくりと顔を近付け、彼女と唇を重ね――。

◇　◇　◇

「おはよー！　お寝坊さんで仲良しさんなおにいちゃん、おねえちゃん、起きてくださーい！」

「おきてくださーイ！」

「……朝ごはんが待ってる」

耳から飛び込んでくる、幼い元気な声が三つ。

「んっ、んん……わかった、今起きる」

「うっ、うむ……待て、今起きる……」

上に乗りかかってきた重みに、俺は唸りながら身体を起こし――と、すぐに俺は、同じ布団に入り、隣で同じように身体を起こし、目を擦《こす》っているレフィの存在に気が付く。

「…………」

「…………」

互いに、顔を見合わせる俺達。

俺は頬をポリポリと掻《か》き、レフィは髪の先をいじる。

「もう、探したんだよ、おにいちゃん達。いつものお部屋にお布団敷いてるのに、二人ともいないから――って、どうしたの？　新婚さんごっこ？」

不思議そうな顔で見てくるイルーナに、俺はコホンと一つ咳払《せきばら》いし、立ち上がる。

「わかった、朝ごはんな。今行くが……あー、俺達は先に風呂《ふろ》入ってから行くよ。だから、先食っててくれってみんなに伝えといてくれ」

「わかった、お風呂ね！　あ、二度寝しちゃダメだよ！」

「にどね、キもちいいもんね～」

「……二度寝より、お風呂の方が気持ち良いと思う」

「はい！　わたし、知ってる！　こういうの、諸説あるって言うんだって！」

「しょせつあル！」

「……諸説ある」

そんな感じでワイワイと騒ぎながら、幼女達が旅館から去って行ったタイミングで、俺は隣のレフィへと口を開く。

「……レフィ、風呂行こう。昨日《きのう》は外の障子戸開けたまま寝たから、部屋に臭いは籠《こも》ってないだろうが、多分俺達自身は酷《ひど》い臭いだと思うぞ」

「う、うむ……確かに今のまま居間へ行ったら、ネルやリューに色々言われそうじゃからの……」

「あぁ。リューとか特に、すげー鼻が良いし、このまま行くと一発でバレると思うぜ。――そうだ、何なら、二人で洗いっこでもするか？　身体の隅々まで洗ってやるぞ？」

「戯《たわ》け」

ニヤリと笑みを浮かべてそう言うと、ちょっと照れた様子でパシンと俺の肩を叩《たた》くレフィ。

そのまま俺達は、二人一緒に、いつもより少し近い距離感で旅館の温泉へと向かって行った。


「――ご主人から、すごいレフィ様の体臭がするっす」

唐突にそんなことを言うリューに、俺は思わず吹き出しそうになるのを我慢し、口を開く。

「そ、そうか？　別に、いつもと変わらんと思うが？」

「いいや、今日はご主人から一段とレフィ様の臭いがするっす！　しかも、レフィ様からもご主人の臭いが！　昨日、ウチらの知らないところで何があったんすか！」

お見通しっすよ！　とでも言いたげに、ビシ、と俺達に指を突き付けるリュー。

なっ、何故《なぜ》気付かれた……⁉

これを避けるために、レフィとしっかり風呂に入ったというのに……‼

と、リューの言葉を聞いて、こちらに近付いてきたネルが、スンスンと鼻を鳴らす。

「……ホントだ。今日はおにーさんからすごいレフィの体臭がするね。昨日の夜は、二人だけで旅館の方に行っていたみたいだし……気になる」

っ、よく鼻の利くリューはともかく、ネルまで⁉

元々、女という種は鼻が良いとは聞くが……ここまでとは。

恐るべき力を持っているものだ、女性とは。

浮気した世の男性が、簡単にバレてしまうのも無理はないだろう。

――ま、ここにいる女性陣が世界で最強の嫁さん達なので、俺が浮気することはないがな！

ジトーっとした視線を送ってくる二人に、そんなアホなことを考えながら俺は、とりあえず何とか誤魔化《ごまか》すべく口を開く。

「昨日、レフィに添い寝をしてもらったってだけさ。別に怪しむことは何もないぞ。――それより、ネル君！　そろそろ帰りの準備をしないとヤバい時間帯じゃないのか？　お前がまだいてくれるんなら俺達は嬉しい限りだが、今日の夜には王都に着いてないとマズいんじゃなかったか？」

「あっ、そ、そうだった！　ま、マズい、早く準備しないと……」

そう言って彼女は、真・玉座の間の一角で、慌てて着替えやら何やらの準備を始める。

「リュー、お前もさっき、レイラに手伝いを頼まれてたろ？　そっちはいいのか？」

「む！　……まあ、そうっすね」

怪訝《けげん》そうに何度も俺達の方をチラチラ見ながらも、リューはレイラのいるキッチンの方へと向かって行った。

そして残るのは、俺とレフィ。

しばしお互い口を閉じたまま、ただその場に佇《たたず》み――と、ふとレフィが口を開く。

「……そうじゃ、ユキ」

「うん？」

「今までお主の嫁でありながら、こういうことを聞かなかったのは儂《わし》が悪いのじゃが……その、男というものは定期的に、せ、性欲を発散させねばならんものではなかったか？　もしや、今まで我慢させてしまっておったか……？」

ちょっと恥ずかしそうにしながらも、申し訳なさそうな感じで聞いてくるレフィ。

大分答え辛《づら》いその質問に、俺は「あー……」と首の後ろを擦りながら答える。

「……ま、まあ、確かにお前の言う通りではあるんだが……それ以上に俺は、みんなと一緒に毎日を過ごして、満たされてたからさ。性欲に関して言うと、二の次三の次になってたから、別に大して辛くも――って、何を言わされてるんだ、俺は……」

そう、真面目《まじめ》に答えてしまってから、何だか非常にマヌケなことを言っている気分になり、苦笑を溢す俺。

「……フフ、そうか。満たされている、か」

小さく笑ってレフィは、俺に身体《からだ》を寄せる。

俺は、その温《ぬく》もりをさらに感じるために、片方の腕で彼女の華奢《きゃしゃ》な身体を掻き抱き――と、突如ヒョコッとキッチンから顔を覗《のぞ》かせたリューが、「あー！」とこちらを指差す。

「やっぱり怪しいっす！　二人、いっつも仲は良いっすけど、今日の仲の良さは絶対おかしいっす！　レフィ様、これは後で嫁会議案件っすよ！」

「……ま、まあ、その内にの。今日はネルが忙しいから、また今度じゃな」

いじらしい様子で、はにかみながら答えるレフィを見て、リューがネルへと顔を寄せ、わざとらしく耳打ちをする。

「見てくださいっす、ネル。あのレフィ様が、今日は超しおらしいっす！　これはやっぱり、何かあったっすよ！」

「うん……これは、しっかりと聞かないといけないね！　確かに明日にはもう仕事があるけれど、それはつまり、僕が夜向こうで寝る時間を減らせば、まだここにいられるということ！　レフィ、しっかり聞かせてもらうよ‼」

「うっ……ま、待て、お主ら！　ユ、ユキ、お主も見ておらんで、何か言わんか！」

「お元気で」

「お元気で⁉」

こういう時、口を出すとロクなことにならないと学んでいる俺は、リューとネルに両腕を掴《つか》まれ、ドナドナされるレフィを微笑みと共に見送ったのだった。

◇　◇　◇

「……ん？」

何とはなしに自身の称号を見ていたレフィが、声を漏らす。

「レフィ様、どうしたっすか？」

つい先程まで、「にょ、女体に興味を示さなかったご主人が、とうとう！」とか「……いいなぁ」とか「そ、その……や、やっぱり良かったっすか……⁉」とか、色々と興奮していたリューが、そう問い掛けてくる。

ちなみに、ユキとネルはもういない。

リルに乗り、ネルを王都へと帰すために出て行った。

ユキの帰りは恐らく、明日の昼過ぎになるだろうか。

……あの勇者の少女も、よくやるものである。

あれだけ忙しいと言っていたのに、結局根掘り葉掘り聞いてきて、かなりギリギリの時間までここに残っていた。

きっと今頃《いまごろ》、リルの上でイチャイチャしているのではないだろうか。

そして、あの賢き狼《おおかみ》に「余所《よそ》でやってくださいよ……」という顔をされていることだろう。

「……リュー。草原えりあ――いや、少し森の方まで出てくる。そう遅くはならんとは思う」

「？　レフィ様が一人で外に行くのは珍しいっすね。わかったっす、覚えておくっす」

不思議そうな顔をするリューにヒラヒラと手を振り、レフィは真・玉座の間の扉を回し、外へと出て行った。


――晴天が広がる、魔境の森。

通り過ぎる風が髪を揺らし、何かの魔物の鳴き声が聞こえ――そして、閉じていた瞼《まぶた》を開ける。

「……戻れん」

草原エリアに繋《つな》がる扉が設置された洞窟《どうくつ》、そこから出てすぐのところで一人立っていた彼女は、そう呟《つぶや》いた。

――龍の姿に、戻れない。

身体の一部は、戻る。

例えばいつもと変わらず翼を背中に生やすことは出来るし、腕のみに集中して人化の術を解けば、サイズはヒト種相当のものだが、鱗《うろこ》のある、見覚えのある龍の腕となっている。

しかし、全身は別だ。

人化の術を解いて、以前の覇龍の姿に戻ろうとしても……戻れない。

何か反発するような手応《てごた》えがあり、術を解こうとしても跳ね返ってくるのだ。

「……儂はもう、龍ではないのかもしれんな」

――『人化龍』。

それが、新たに増えていた称号だった。

人化龍：龍として生まれながら、ヒトへと至った者。己の本質を理解し、己の在り方を理解し、種の垣根を超えた存在。

恐らく、この称号もまた、『覇者の龍族』と同じく世界でこの身しか持っていないものだろう。

……もしかすると自分は、本来ならば仮の姿であったはずのこちらを、真の自分自身だと心の奥で思うようになっているのかもしれない。

自分は龍種ではなく、ヒト種の女なのだ、と。

これは、そういうことの表れなのではないだろうか。

「千年の生の中で、まだ二年足らずしか人の姿にはなっていないにもかかわらず、か。クックッ、全く……儂がこんなにも、思い込みの激しい女じゃとはな。クックックッ……」

少し愉快な気分になり、笑い声を溢す。

変な感覚だが……このことを、嬉しく感じている自分がいる。

種族なぞ、あの旦那《だんな》が全く気にしていないことはわかっているのだが、それでも皆と同じ、あの旦那と同じ種に近付けたということが、何だか嬉しかったのだ。

恐らくこのまま、ヒト種の姿でさらに数年も過ごせば、龍の時に自身がどんな姿をしていたかも思い出せなくなるのではないだろうか。

「……いや、じゃが、喜んでばかりもいられんか」

一つ、不安がある。

元の龍としての姿でないと、覇龍の力を百パーセント引き出すことが出来ないという点だ。

この身体でも、魔境の森の魔物どもを相手取ることは出来る。

ユキが西エリアと呼ぶ場所に棲息《せいそく》する、この近辺で最も強い魔物どもも、一対十くらいまでならば下すことが出来るだろう。

だが……それよりも強い生物が、この世界には存在する。

身近な例で言えば、我が家で可愛がられている、ペットのモフリル。

ウチにいる時は、自由過ぎるここの面々に振り回される、ただの苦労性の狼ではあるが、『フェンリル』という種のポテンシャルは限りなく高い。

以前に戦ったことのある個体は、確かまだ三百年近くしか生きていないにもかかわらず、覇龍となった自身と渡り合うだけの粘り強さを持っていた。

力で言えば圧倒的にこちらが上であったが、あの時は三日三晩殺し合いをするハメになったものだ。

その時と同じくらいの強さを持ったフェンリルと、この身体《からだ》で戦闘になった場合、果たしてどれくらい戦えることだろうか。

それ以外では、同種の龍族。

この身体で古龍の老骨を相手にしても、一対一ならばまだ何とかなるだろうが……一対二などになれば、少しキツい。

以前ここにやってきた、『災厄級』に分類される精霊王。

この身より遥《はる》かに長く生き、確かな能力と老練な技術を持つ奴《やつ》には、今のままでは十中八九負けると思われる。

無論、そんな者達と戦闘になることなど、普通にここで暮らしていればそうそう無いことはわかっている。

そうそう無いが――長く生きることになれば、一度や二度、そのような危機が訪れる可能性はあるのだ。

「……少し、この身体での力の出し方を、鍛錬するかの」

自身の旦那。

ここに住む家族。

そして——未来に産まれてくるかもしれない、自らの子のために。

千年生き、彼女は初めて強さを求めた。

◇　◇　◇

最近ちょっと、不思議なことがあります。

「おう、レフィよ。暑苦しいぞ」

「何を言う。儂が先にここにいたんじゃ。お主こそ暑苦しいぞ」

——おにいちゃんとおねえちゃんの仲が、とてもいいのです。

前々から仲良しさんで、毎日一緒に遊んで、楽しそうにしている二人ですが、最近は特に仲がいい感じで、見ていればその違いはすぐにわかります。

今も、口ではお互いいつもの調子で悪口を言い合っていますが、しかしピトッとくっ付いて、ずっと身体を預け合って、いつもより密着している感じです。

何だか、距離感が近い、といったところでしょうか。

その変化が気になり、ジーっと二人のことを見ていると、おにいちゃんとおねえちゃんは見られていることに気が付いたのか、ハッとした様子になり、そそくさと離れてそれぞれどこかへと行ってしまいました。

……二人がラブラブさんなのは、今に始まったことではありませんが、やっぱり最近はさらにラブラブさんになっていると言えるでしょう。

「ラブラブサンダー！」

「……ビリビリする」

どうやら、シィとエンも同じ気持ちのようです。

「どうしておにいちゃん達、あんな急に、ラブラブさんになったのかな？」

首を捻《ひね》っていると、シィがピシッと手を挙げます。

「はい！　きっと、ラブラブはサンダーだからです！」

「……多分、『ラブラブサンダー』は魔人キューピッドの必殺技。対象をメロメロにして、一時行動不能にする」

「それはツよい！」

「……そして、その間に魔人キューピッドは変身する。変身後は三倍に巨大化して、能力も三倍。とても強い」

「へんしんは、ボスのきほんだね！」

「うーん、レイラおねえちゃんに聞いても、あいまいに微笑《ほほえ》むだけで教えてくれなかったしなぁ」

二人が口々に好きなことを言っていますが、いつものことなので、気にせずわたしも思考を続けます。

「レイラおねえちゃん、さいきょうさんだからラね！　きっと、まじんキューピッドもたおせちゃうとおもう！」

「……ん。主も、『レイラは木の葉にて最強』って言ってた。木の葉って、あの木の葉っぱ？」

「さア？　あるじも、ふしぎさんだからね～。でもきっと、レイラおねえちゃんがつよいってこと、いいたかったんじゃない？」

おにいちゃんは他の誰も知らないような、よくわからないことを時々言う不思議さんです。

ただ、木の葉が何を指しているのかはわからないけれど、シィの言う通り、レイラおねえちゃんがすごいということを言いたかったのは確かでしょう。

我が家で、レイラおねえちゃんに敵う人はいないのです。

「……ん。レイラはとても強い。天下一武道会でも、きっと優勝出来る」

「そうだネ！　こう、『は～っ‼』ってビームをだして、かつとおもう！」

……それにしても、相変わらずこの子達は、自由さんです。

ちょっと油断すると、話があっちこっちに飛んでしまいます。

多分、いや確実に、おにいちゃんの影響を受けているのでしょう。おにいちゃん、不思議さんな上に、とっても自由さんなので。

あと、レイラおねえちゃんも流石《さすが》にビームは出せないと思います。

でも、魔法を使ってなら、武道会も優勝出来るんじゃないでしょうか。

わたし、知っています。

レイラおねえちゃんみたいな人のことは、『裏ボス』って言うんです。

表のボスはおにいちゃんだけれども、でも真のエンディングに辿《たど》り着《つ》くためには、裏ボスであるレイラおねえちゃんを倒さないといけないのです。

「──って、そんなことはどうでもいいの！　今は、おにいちゃん達のことだよ！」

わたしの言葉に、二人は不思議そうに首を傾《かし》げました。

「べつに、ほっといて、いいとおもうヨ？　なかよしさんだったのなら」

「……ん。仲悪さんだったら駄目だけど、仲良しさんだったら、何も問題ない。むしろ、良いこと」

「……それもそうだね！」

よく考えたら、そうでした。

あの二人が仲良くしているのを見ると、こっちも嬉しくなってしまうので、とっても良いことです。

何の問題もありませんし、何も気にする必要はありません。

「ねね、それより、おそといこう！　おそと！」

「……ん。今日は、何する？」

「きょうは～……じゃあ、ボールごっこ！」

「……ボールを蹴《け》ったり、投げたりする遊び？」

「ううん、ちがう！　ボールのマネをして、まるくなるあそび！」

「……わかった。ならエンは、バスケットボールの真似《まね》」

「ならシィは、バレーボールのマネ～。イルーナは？」

「わたしは～……それじゃあ、ラグビーボールの真似～！」

「お～！　ここであえて、ラグビーボール！　ポイントたかいよ～！」

「……ん。素晴らしい着眼点」

「えへへ、少しひねってみたの！」

不思議なことは解決したので、そんなことを話しながらわたし達は、お外へと遊びに行ったのでした。


――みんなと一緒にいると、本当に楽しく、しあわせです。

お勉強をして、毎日クタクタになるまで遊んで、美味《おい》しいごはんを食べて、温かいお風呂《ふろ》に入って、グッスリ眠る。

大好きなおにいちゃんと、大好きなみんなと一緒に、毎日を過ごす。

わたしは、知っています。

これが、とてもしあわせで、恵まれたことなのだと。

「ねえ、おにいちゃん」

「おう、何だー」

夕方になり、わたし達を呼びに来たおにいちゃんと手を繋《つな》ぎながら、彼に言います。

「いっつもありがとね！」

と、おにいちゃんは何か言うことはありませんでしたが、しかしわたしの頭をポンポンと撫《な》でました。

わたしは、その手の温かさにとっても嬉しくなって、思わず笑顔になっていました。

◇　◇　◇

ある日のこと。

「えへへ、三人だけは、久しぶりだね！」

俺とレフィと手を繋ぎ、ご機嫌そうにニコニコしながら、そう言うイルーナ。

「そうだなぁ。俺達だけってのは、いつぶりだ？」

「ふむ……相当前に散歩したことは覚えておるが」

「お、懐かしい、確かリルも連れて森に出た時だったな。イルーナが最後に疲れて眠っちゃったんだったか」

「おにいちゃんが、おんぶしてくれたんだよね！」

そう言えばそんなこともあった。もう、二年近く前のことか。

——今、俺が共にいるのは、レフィとイルーナ。

三人だけである。

何か特別なことがあった訳ではないのだが、珍しく俺達だけが居間にいたので、暇だからと二人を誘って散歩に出て来たのだ。

今回も、あの時と同じく歩いているのは魔境の森。

年がら年中暑いここは、やはり今日も暑く、太陽が大地を照り付けている。

こういう常夏の環境が、魔境の森の生態を豊かにしている一因なのだろう。

「ここは、いっつも暑いねー！　草原のところは涼しいのに」

「あぁ、草原エリアは、俺が天候を弄《いじ》って過ごしやすいようにしてるんだ。……そうだな、ここんところはずっと同じ気候だったし、そろそろ別の季節に変えるか」

「おー、楽しみ！」

「ふむ、良いかもしれんの」

肯定的な返事をしてくれる二人に、俺はコクリと一つ頷《うなず》く。

「うし、この後帰ったら変えるか。次の季節は……イルーナは、どんな天気が好きだ？」

「えーっとねぇ、わたしは雪が好き！　綺麗《きれい》で、キラキラしてて、いっぱい遊べて楽しいから！あ、でもでも、ずっと雪だと青空が見えなくてちょっと嫌になっちゃうだろうし、それに雨の時も曇りの時も楽しいから、やっぱり全部好き！」

おぉ、イルーナはすでに、この歳《とし》で風流の何たるかを理解しているのか。流石である。

「なら、とりあえずは冬にしようか。温度差で風邪を引かないよう、一週間くらい掛けてちょっとずつ気温を下げて、んで一週間くらい雪を降らそう。冬物の服、用意しとくか」

「天気が急に変わると、体調を崩しやすくなるからの。空模様を楽しむのも良いが、そこは気を付けるとしよう」

「はーい、わかった！　シィ達にも言っておく――って思ったけど、わたしが一番気を付けなくちゃいけないか。この前も具合悪くなっちゃって、めーわく掛けちゃったし……」

「ハハ、そんな迷惑だったら、気にしないでいっぱい掛けてくれていいんだぞ。……ま、あの子らは俺達と違って、風邪って概念が無さそうだもんなぁ」

イルーナ以外の幼女組、シィもエンもレイス娘達も、ぶっちゃけかなり謎な生態をしていて、どれくらい俺達の常識が通用するのか、わからない部分があるしな。

魔力に関係するような体調不良だったら、起こす可能性があるだろうが……考えてみれば、俺にはその辺りの知識が全くと言って良い程ない。

今後のためにも、こちらの世界の風邪に関して、あとでレイラに聞いてみるか。

「ねね、おにいちゃんとおねえちゃんは、何のお空が好き？」

「俺は、あんまり暑くない、涼しい青空かな。陽《ひ》の光が結構好きなんだが、魔境の森くらい暑いと長時間外にいるのが辛くなってくるからさ」

「儂《わし》は、過ごしやすければ何でもいいかのう。強いて言うならば、飛びやすい天候は好きじゃ。じゃから、雨はあまり好かん」

「あー、それはあるな。雨ん時は飛びたくねぇ」

寒いし、視界も悪いし。普通に風邪引きそう。

すると、イルーナは羨《うらや》ましそうな顔で俺達を見る。

「いいなぁ、私もおにいちゃん達みたいに、翼が生えてたらいいのに……」

「……レフィ、空を飛べる魔法って、ないのか？」

「あるぞ。というより儂らの翼も、翼人族のような者達のものとは違って魔力で構成されておるから、言わば『飛行魔法』を使用しておるようなものじゃ。イルーナもそのやり方を覚えれば、飛ぶことが出来るようになるじゃろう」

「え、ホントに⁉　二人と一緒に飛べるの⁉」

レフィは、ぱぁっと嬉《うれ》しそうな顔をする金髪幼女の頭を撫で、笑って言葉を続ける。

「カカ、あぁ、可能じゃ。しかし、少々難しい魔法である故、今のお主ではまだ無理じゃろうな。今後もレイラに師事し、魔力の扱いに精通した暁には、しかと儂が教えてやろう」

「やったぁ！　頑張って覚える！　その時は、一緒にお空の散歩してね？」

「うむ、勿論《もちろん》良いぞ」

「あ、じゃあ、イルーナが飛べるようになったら、一緒に空島に行くか。ほら、イルーナ、あそこ。見えるか？」

たまたま魔境の森付近を飛んでいた、以前レフィとデートに行った空島を指差す。

「見える！　うわぁ、すっごい楽しみ！　よーし、今日からいっぱいお勉強して、お空を飛べるようになるね！」

「おう、イルーナは頑張り屋さんだしな。案外あっさりと使えるようになるんじゃないか？」

「えへへ、うおー、頑張るぞー！」

俺達の両手を掴《つか》んだまま、万歳するイルーナ。可愛《かわい》い。

身贔屓《みびいき》が入っているのは否めないが、実際この子は、魔法技能に関して優秀だ。

多分、彼女の里を訪れていたという、例の精霊王にも精霊の扱い方なんかを教わっていた、ってのもあるのだろう。

精霊を扱うことは、そのまま魔力を扱うことに繋がるからな。

まだ幼いため、魔力量の問題だけは如何《いかん》ともしがたいが、その魔法自体は結構あっさり覚えるんじゃなかろうか。

うむ、俺も一緒に飛べる時が楽しみだ。

「そうじゃの、イルーナは儂に似て優秀じゃから、本気になってやればきっとすぐじゃろう」

「おっと、何かおかしな言葉が聞こえましたねぇ。俺、自分よりもイルーナの方が賢いと思っていますが、逆にあなたに頭脳レベルで負けていると思ったことは一度もないのですけども。これはいったいどういうことでしょう」

「ほう、どうやら儂の旦那《だんな》は、事実を事実と認識出来ていないらしい。非常に残念で、そして哀れなことじゃ」

「さあ、どちらが哀れなんでしょうね、レフィさん。俺は嫁さんが現実を見られるようになる日が来ることを祈ってますよ」

と、俺達がいつものように言い合いを始めたところで、何だかイルーナが嬉しそうにこちらを見ていることに気が付く。

「？　どうした、イルーナ？」

「うん、やっぱり、おにいちゃんとおねえちゃんは昔からずっと仲良しさんだけど、今はもーっと仲良しさんで、しかもラブラブさんだなって思って！」

「「…………」」

一瞬何にも言えなくなる俺とレフィに、イルーナはニコニコしながら言葉を続ける。

「これからもずっと、ラブラブでいてね！」

「……お、おう」

「う、うむ……」

俺達は、ただそれだけを答えたのだった。

エピローグ　二人の時間

「なぁ、レフィ。そ、その……俺らの間に子供が出来たら、種族ってどうなんだ？」

俺の言葉に、真・玉座の間にてのんびりしていたレフィはちょっと顔を赤らめながら答える。

「むっ、あー……そうじゃな、恐らくどちらかの種族に寄るじゃろうの。龍族となるか、魔王となるか。……今更じゃが、種族魔王とは相当謎ではないか？」

「いや、そりゃ俺に言われても困るが。多分、魔族として考えていいんじゃないか？　俺の基になっている種族は、アークデーモンだし」

「……そう言えばそうじゃったな。別の魔王となるとわからんが、身体的特徴から言えば、お主は魔族として考えれば良いのか。あ、ユキ、翼触りたい」

「……お前な」

俺はため息と共に苦笑を溢《こぼ》し、要望通り翼を出現させ、するとレフィはすぐさまこちらに近寄って指を這《は》わせてくる。

彼女の指の心地《ここち》良い感触。

くすぐったく、温かく、心が温かくなる感覚。

「……何だろうな。お前に触れられると、やっぱ気分がいいわ」

「ばっ、お主、馬鹿、小っ恥ずかしいことを言うでないわ！」

「ん？　あ、あぁ……すまん」

特に意識せず、口から勝手に出た言葉だったので、顔を真っ赤《まっか》にしてそう言うレフィに、俺も大分気恥ずかしくなりながら謝る。

訪れる沈黙。

が、そんな中でもレフィは変わらず手を動かし続け、俺の翼を触っている。

……コイツの翼フェチ具合は、筋金入りだな。

それから我が嫁さんは、一つ咳払《せきばら》いし、言葉を続ける。

「……そのじゃな。先程の話の続きじゃが、もう一つ稀有《けう》な例としては、どちらともの種族の特徴を有して生まれることもある。お主と儂ならば、儂の角と尻尾《しっぽ》を持ち、じゃが翼はお主の形状と似たものを持った子供が生まれる、といった感じじゃの」

へぇ……混ざるのが稀有なのは、遺伝子の優性劣性の差から、だろうか。

この世界には科学に喧嘩《けんか》を売る『魔素』というものが存在するが、基本的な物理法則は前世とほぼ一緒だしな。

「……そうか。なら、ちゃんと子供は出来るんだな」

「……カカ、うむ。それは問題ないじゃろう。儂は人化の術で龍からヒトへと至っているが、現在の儂はヒト種の雌とあまり変わらん。何じゃ、それを気にしておったのか？」

「ま、まあ、ちょっとな。その、そういうことをして子供が出来ない、なんてことになったら、それがどんな理由だったとしても、お前を傷つけるかもしれないからさ。それは……嫌だったんだ」

そう言うと彼女は、翼を触るのをやめ、綺麗な微笑《ほほえ》みで俺の両手に自身の両手を絡ませる。

「そうか……安心せい、そこに関しては何も問題ない。儂自身が、良い母親になれるかどうか、という問題はあるかもしれんが、母親自体にはなれるじゃろう」

「お前は良い母親になれるさ。だって、こんなにも良い女だ。お前に匹敵するだけの良い女は、俺は他に知らねぇ。ダンジョンの面々くらいか」

「儂は不器用じゃし、ものぐさな女じゃぞ？」

「おう、自覚はあるんですね、レフィさん」

「……他の面々と比べれば、認めざるを得んじゃろう」

ちょっと拗《す》ねたように唇を尖《とが》らせるレフィに、俺は笑う。

「ま、お前のそういうところも好きだぞ」

「……フン、では今後、儂はこのままでいるとしよう」

「そう言っても、結局お前は上手《うま》くなろうと練習するんだろうけどな」

「……何も考えず、ただグータラしていた頃《ころ》が懐かしいわ」

「おう、昔の方が良かったか？」

「言わせるでないわ、阿呆《あほう》」

唇を尖らせ、俺の肩を軽く小突くレフィ。

その姿があまりにも可愛《かわい》らしく、俺は思わず隣に座る彼女の胴に腕を回し、抱き寄せる。

レフィは「暑苦しいわ」と言いながらも、決して俺の腕を振り解《ほど》きはせず、彼女もまた俺の胴へと片方の腕を回す。

確かに、少し熱い。

人の体温は高く、だがその熱さが、心地良いのだ。

肌の接触というもの以上の情報、レフィの思いが、流れ込んでくる。

他者からは、勘違いと言われるかもしれない。自惚《うぬぼ》れだと、笑われるかもしれない。

だが——確かに俺は、言葉にはならない思いを彼女から感じていたのだ。

きっと俺の思いもまた、彼女の中へと流れ込んでいるのだろう。

しばし、そうしてくっ付いたままでいた後、俺はポツリと口を開く。

「……両方の特徴を取ったら、『覇王』の子供が生まれるかもしれないな」

「クク、世の覇者にでもなりそうじゃな。可能性としてはあり得る話じゃ。……ま、どのような子であろうと、ただ健康に生まれてくれれば良いわ」

「そうだな……名前も、出来れば健康で平和に生きてくれるような、そういう意味を込めたものにしたいな」

「ほう、それはいいの。お主のところでは、名前に意味を込めるのか？」

「あぁ、ほとんどの場合でな。こっちじゃ違うのか？」

「ヒト種は歴史上の偉人や逸話のある魔物から名を取って、その加護を求めたりはするようじゃが、龍族はほとんどが音と響きで名を決めるの」

「へぇ……って、レフィって親がいなかったよな？　誰《だれ》が名前を決めたんだ？」

「古龍の老骨どもじゃ。番《つがい》から生まれた龍は普通に親が決めるが、自然発生で生まれた龍は彼奴《あやつ》らが決めることになっておる」

「へぇ……レフィシオスって名前、すげー綺麗《きれい》で響きがいいから、俺、彼らには感謝しないといけないな」

「……何でお主が感謝するんじゃ」

「そりゃお前、嫁さんの綺麗な名前を何度も呼べるからさ」

「………………」

するとレフィは、もうどんな感情なのかわからないが、俺の脇腹《わきばら》の辺りにグリグリと頭を擦り付けてくる。

「ははは、おい、角がいてーって」

「全く、この、全く！　女誑《たら》しめ！」

「おう、嫁さんにそう言ってもらえるとは、光栄だ」

そうして彼女とふざけていた時、ガチャリと扉が開き、幼女達が家へと帰ってくる。

「あ、おねえちゃんがおにいちゃんにグリグリしてる！　わたしもするー！」

「おー、ならシィも！」

「……じゃあ、エンも」

「わっ、こら、ぬわあっ⁉」

「どわー、ははは！」

三人が一斉に飛び込んできたため、俺達は一緒に後ろへと倒れ込む。

「全く……危ないじゃろう、お主ら」

「えへへ、ごめんなさーい！」

「ごめんなさーイ！」

「……やりたくなっちゃった」

「やりたくなっちゃったのなら、仕方ないなぁ！」

やれやれといった様子のレフィと、笑う俺達。

「ご主じーん、レフィ様ー、ちょっと手伝ってほしいっすー！」

その時、キッチンでレイラに料理を教わっていたリューが声を掛けてくる。

「へーい！　それじゃあお前ら、ちょっと待ってろー」

「手伝うことあるならやるよ！」

「ごはんのおてつだい、シィたちもする！」

「……ん。早く美味《おい》しいもの食べたい」

「おう、ありがとな、お前ら。けど、ほら、みんなでキッチン行っても狭くなって動きにくくなっちまうだろう？　三人の手が、必要になったらちゃんと呼ぶからさ」

「うむ、お主らはもうしばし遊んでおれ」

「むむ、わかった！　じゃあ、ちょっと時間空いちゃったけど、どうする？」

「それじゃー……ボールごっこ！」

「……また、丸くなる遊び？」

「ううん、こんどはボールみたいにバインバインってはねるあそび！」

「おー、いいねー！」

「……ん、いい」

若干、彼女らの遊びがどんなものか気になるところである。

俺とレフィは顔を見合わせて笑い、そして連れ立ってキッチンへと向かう。

「な、レフィ」

「うむ？」

「やっぱ、お前とだったら、何でも出来る気がするよ」

「………………」

レフィは何も言いはしなかったが、人目を忍びながら背伸びをし、俺の頬《ほお》に軽く口付けする。

俺は嬉《うれ》しくなり、彼女の身体《からだ》を掻《か》き抱《いだ》いた。

特別編　幼女達の冒険

ある日のダンジョンにて。

「よーし、準備ばんたん！」

「ばんたーん！」

「……全《すべ》て問題なし」

「冒険に出掛けるぞー！」

「しゅっぱーつ！」

「……おー」

リュックの中身を一つ一つ確認した後、イルーナ、シィ、エンは元気良く声をあげ、その横ですでに人形へと憑依《ひょうい》しているレイス娘達が拳《こぶし》を高く掲げる。

そうして彼女らは、大人組に微笑みと共に見送られながら、慣れた手つきで扉を操作し、真・玉座の間を出る。

向かった先は、草原エリア。

――彼女らの今日の遊びは、『宝探しごっこ』。

そのため、今日はレイラに弁当を作ってもらい、冒険家らしい恰好《かっこう》に身を包み、リュックも背負って、準備は万端である。

そのリュックの中には、過保護なユキが用意した、もし何かあった時のための上級ポーション——『エリクサー』も数本入っており、どんなに重い怪我《けが》をしても一瞬で治せるだけの準備がされている。

恐らくそれぞれのリュック一つ一つが、一国の国家予算と同程度の価値を有していることだろう。

空に眩《まぶ》しい太陽が煌《きら》めき、涼しい風が吹く草原エリア。

その中で、イルーナがいつもよりちょっと厳かな口調で、口を開く。

「さて、シィ隊員！　宝の地図と、おにいちゃんの手紙——じゃなくて、謎の手紙を見せてくれたまえ！」

「へい、たいちょー！　こちらです！」

ばばーん、とシィが掲げるのは、一枚の地図と、一枚の手紙。

地図には幾つかの地域が強調して描かれており、古めかしい手紙の方には、こう書かれていた。

——我が親愛なる幼女達よ。我は迷宮の支配者、大魔王冒険家ユキである。

——今回我は、草原エリアに大秘宝『魔王の秘宝』を隠した。それを見つけた暁には、全て君達に進呈しようじゃないか。

——まずは、城に行きたまえ。そこに、全ての始まりがある。

「むむ～、これに従うと、まずはお城に行くのがいいのかな？　でも、お城は広いから、どこに行くのがいいんだろう……？」

「……イルーナ、見て。地図のここ」

エンが指差したのは、地図に描かれた、恐らく噴水だと思われるイラスト。

草原エリア全体を記しているらしい地図の中で、城の部分で強調されているものは、それだけだった。

「この噴水は～……あ！　中庭にあるヤツだ！」

「お～！　じゃあまずは、なかにわ、いこウ！」

目的地を定めた幼女達は、草原エリアから城の敷地内を進み、中庭を目指す。

「う～ん……ちょっと違う話だけど、こうして改めて見ても、このお城はすごいね～。昔は何にもなかったのに」

「あるじ、よくこんないっぱい、おもいついてつくれるヨ～」

「……ん、お城はかっこいい」

毎日ここで遊んでいる彼女らだが、飽きが来ることはない。

見慣れた遊び場ではあっても、やはり、とてつもなく広いからだ。

ユキが次々に建物を建て、遊び場を増やし、自然を追加していったため、最初は殺風景だった草原エリアは今、どこを歩いても何かしらがあるような場所へと変わっている。

そんな、広く色々ある場所であるため、実は彼女らは何度も草原エリアで迷っていたりするのだが、しかしそれで家に帰れなかったことはない。

彼女らが遊ぶことを見越して建物などを建てているユキは、迷っても家に帰れるよう空間魔法が

発動可能な扉をわかりやすい位置に幾つも設置しており、どこからでも真・玉座の間へと帰ることが出来るようになっているのだ。

その辺りの安全対策は、万全に行っているユキであった。

ちなみに、レフィによって『ルァン・フィオーネル城』と名付けられている城であるが、ぶっちゃけほとんど活用されていないため、ユキとレフィ以外は城に名前が付いていることすら知らない。

かなりテキトーに『お城』『城』『魔王城』とだけ言われており、一応用意されている侵入者を撃退するための機能も全く使われておらず、幼女達にとっての遊び場としてしか機能していない訳だが――その幼女達にとって、この城は非常に心をワクワクさせる、大好きな場所であった。

大きく、広く、そして誰《だれ》もいない秘密の場所。

秘密と言うには開けっ広げだが、しかしダンジョンの住人以外にそれを知る者はいないという意味では正しく、いつ来てもやはりワクワクしてしまうのだ。

また、本当の秘密基地も幾つか存在しており、ユキがわざと造った死角になっているような場所に、外で一泊しても大丈夫であるような、装備の揃《そろ》った場所すら実はあるのだ。

なので、時折夕食を食べ終え、風呂《ふろ》に入った後に、わざわざ外へ出て来て秘密基地にやって来て、草原エリアの星空を見ながら一泊することもあったりする。

引き籠《こも》って遊びがちなユキやレフィ達とは違い、基本的にアウトドア派である彼女らは、そういう遊びが大好きなのである。

ダンジョン領域内であれば、『マップ』機能があるユキはいつでも彼女らの位置を特定出来る上に、何より草原エリアには外敵がいないため、その辺りは自由にやらせているのだ。

「よし、噴水到着！　みんな、手掛かりを探そう！」

イルーナ隊長の号令の下、彼女らは一斉にその場を散っていき、それぞれ探索を開始する。

噴水の中や、その周り。近くの木の下や、花壇の中——と、その時、レイス娘達の三女であるローが、空中でピョンピョンと跳ね、全員を呼ぶ。

「ローちゃん、何か見つけた～？」

イルーナの問いかけに、彼女はコクコクと頷《うなず》き、指を差す。

その示す先にあったのは、噴水の二段目辺りに置かれていた一枚の手紙。

飛んでいかないよう石を重しにして置かれており、ローはそれを持って皆のところまで行くと、囲まれながら中を確認する。

書かれていたのは、短いセンテンスのみ。

——地図と共に、ここから西へ進め。崩れた建物が目印だ。きっと光がお前達を導くだろう。くれぐれも足元には注意するように。

「西は～……誰か、コンパスある～？」

「……はい」

「ありがと、エンちゃん！　えっと……この地図を見る限り、西にあるのは、『はいこーじげんば』だね！」

「あそこ、くずれたたてもの、いっぱいあるよ～！」

——廃工事現場エリア。

そこは、以前ダンジョンの住人達で遊んだ、水鉄砲大会用にユキが造ったステージの一つ。

最後にレフィと死闘を繰り広げた、その場所である。

次の目的地がわかった彼女らは、意気揚々と歩き出す。

「はいこーじげんばって、建物を作るこーじげんばを、捨てたところだったよね」

「そうそう！　いりくんでておもしろいけど……なんでわざわざ、すてちゃったところをつくったんだろうネ？」

「何でだろうねー？」

「……ん、謎」

廃工事現場という、ユキのこだわりポイントがわからず、首を捻《ひね》る幼女達。

彼がこの場にいれば、きっとそのロマンを語って幼女達を退屈させただろうが、今はいないため彼女らの疑問が解消されることはなかった。

「——さ、到着！　『光がお前達を導くだろう』って書いてあったけど……みんな、何かそれらしいもの、見えるー？」

「ん〜……わかんないけど、あそこだけ、でんきがついてるヨ？」

「……崩れた三階建ての建物と、照明。きっとあそこ」

「ほんとだ！　……三階建てか。おにいちゃんが『くれぐれも足元には注意するように』って書いたってことは、きっと上にのぼるんじゃないかな？　高いところに何かを仕掛けたから、気を付けるようにって」

「シィもそうおもう！」

「……エンもそう思う」

彼女の言葉に、同意するように皆がうんうんと頷く。

メタ的な推理であるが、推理は推理なのである。

「それじゃあ、みんな気を付けて上って――って言っても、気を付けるのはわたしか。シィは落ちてもポヨンって跳ねそうだし、レイスの子達は飛べるし。エンちゃんは、落ちてもしっかり着地出来そうだし」

「シィは、はじけてもへいきだヨ！」

「……エンは、危なくなったら大太刀に戻る」

「いいなぁ……わたし、そういうのは何もないから、みんながちょっと羨《うらや》ましいよ」

ただ一人だけ普通のヒト種であるイルーナは、ちょっと悲しそうな声音でそう言うが、しかしレイス娘達は彼女の周りを飛んで、励ますようにその思いを伝える。

お互い様だよ、と。

レイスというかなり特殊な種族であり、人形に憑依する以外で物質に干渉出来る肉体を持っていない彼女らは彼女らで、やはりしっかりとした身体《からだ》を持っている皆のことを、羨ましく思うことがあるのだ。

だから、自分達はイルーナのことがいいなぁと思っているし、それは他のみんなも一緒、と伝えたかったのだ。

「シィは、とってもかしこいイルーナがうらやましイよ！」

「……ん。イルーナは、頭の回転が速くて、すごい。それは、エンにはないもの」

「……そっかぁ、お互い様なのか……。ありがとみんな、ごめん、忘れて！」

ニコッと笑い、皆に礼を言うイルーナ。

気を取り直し、彼女らは冒険へと戻る。

十分に足元に気を付けながら、崩れかけの階段を上り――といっても、本当に崩れかけでは危ないため、そう見えるようユキが仕上げただけだが――三階建て廃墟《はいきょ》の一番上まで上る。

それは、すぐそこに置かれていた。

「古い石碑！」

「お～、かっこいい！」

「……何十年も置かれてたみたい」

設置されていたのは、古ぼけた、字が掠《かす》れかけている石碑。

まあ、古ぼけていると言っても、元々そういう風に作り出されているだけで、設置されてから数日しか経《た》っていないのだが。

何故《なぜ》、廃工事現場に石碑なのか、というツッコミは、誰からも入らない。楽しく、それらしい感じであれば何でもいいのだ。

「次のヒントは……『輝きを探し、辿《たど》れ。新緑が覆いし丘、そこに扉は存在する』。輝きを探す……わざわざ上にのぼらせたってことは、ここから見えるのかな？」

「あ！　たぶん、ぼうえんきょーのでばんだ！」

「……そう言えば、主《あるじ》が持っていけって渡してきた」

冒険の準備をしていた際に、ユキが望遠鏡を用意してくれたことを思い出し、彼女らは各々のリュックをすぐに開く。

「よーし、それじゃあ、みんなで輝きを探そう！」

そうして全員、望遠鏡を覗《のぞ》き込んで遠くを探し始める。

「新緑の丘……見晴らしの良い、あの開けた丘のことかな？」

「むかし、ピクニックしたね～」

「……エン達が、まだいなかった頃《ころ》？」

「そうそう、まだレイスの三人とエンちゃんがいなかった頃に、みんなでピクニックをして――あ！」

「なにか、みつけた～？」

見つけたー？　と聞きたげな様子で、レイス娘達がイルーナの周りに集う。

「うん、見て見て、あそこ！　何か光ってない？」

「……ん、見つけた。何か、魔法の光みたいなのが浮いてる」

彼女らの覗く望遠鏡の先に発見したのは、草原エリアに存在する小高い丘である。

昔、まだエンとレイス娘達がおらず、シィがヒト種形態を獲得していなかった頃、ダンジョンの皆でピクニックをしたことのある場所に、何やら魔法的な光がプカプカと浮かんでいた。

「まちがいない、あそこだネ！」

「……ん、地図にもしっかりマークがある。行こう」

「謎解きって感じで、ワクワクしてきたね……！」

「……謎が呼んでいる」

「よんでいる！」

「真実は、いつも一つ！」

「ひとつ！」

「……我々は名探偵」

「パイプを咥《くわ》えて、おひげを付けなきゃ！」

「……あれ？　でも、シィたちは、ぼうけんかじゃなかったっけ？」

「……冒険家もきっと、ひげを生やしてる」

「そうだね！　冒険家だもんね！」

謎の理論を展開しながら、廃工事現場を後にした彼女らは、次の目的地である丘へと向かう。

草原エリアは広いが、一時間も歩いて移動しなければならない訳でもなく、少しして彼女らは、見晴らしの良い小高い丘へと辿り着いた。

今までと同じように、すぐに辺りの捜索を開始し——。

「見て、扉！」

丘の向こう側に、いつの間にか洞穴のようなものが出来上がっており、そこから地下へと降りる深い階段と、一番奥に重厚な扉が見える。

日々草原エリアで遊んでいる彼女らが、初めて見るものであった。

「これ、あるじ、いつのまにつくったのかな」

「……ちょっと前までは、なかった」

「おにいちゃん、本当に色々作るの好きだよねぇ。さあ、いざ突入――って言いたいところだけど、ちょうどいい時間だし、一回ここでお昼にしよっか！」

朝から出ていた彼女らだが、色々と見て回っていたため、現在の時刻はすでに昼。

昼食にするには、ちょうど良い時間であった。

「いいね～！」

「……レイラの今日のお弁当、楽しみ」

◇　◇　◇

幼女達が冒険を楽しんでいる頃。

「……何じゃお主、その恰好《かっこう》は」

「え？　何って、『大魔王冒険家ユキ』の恰好だけど？」

ユキが手に持っている服を見て、レフィは思わず問い掛けていた。

「……儂《わし》の知っている冒険家とは、そのようにおどろおどろしい恰好はしておらんと思うんじゃが」

「おう、大魔王冒険家はもうすでに死んでいて、言わばアンデッドみたいな状態でな。だから、わざとおどろおどろしい感じの恰好にしたんだ。どうだ、カッコいいだろ？」

まだ着ていないのだが、自身の身体の上にそれを重ね、笑ってポーズを取るユキ。

「逆に聞きたいんじゃが、それを恰好良いと言われ、お主は嬉《うれ》しいのか？」

「え？　勿論《もちろん》」

「…………」

即答するユキに、何にも言えなくなるレフィ。

「おにーさん、実はそういう恰好するの、かなり好きでしょ」

「ご主人、遊びには手を抜かないっすからねぇ」

「おうよ、こういうのはやっぱ、形から入ると楽しいだろ？　お前らもしたいなら用意するぞ、アンデッド冒険家衣装」

「い、いや、僕はいいかな」

「ネルはお化け、嫌いっすからねぇ……」

「あの、リュー。僕が怖がりなのは否定しないけど、これに関して言うと、それ以前の問題のような気がするんだ」

「普通の冒険家の衣装ならば、まだ良いんじゃがなぁ」

「お、言ったな？　よーし、じゃあこの冒険家セットをお前にプレゼントしよう！」

やれやれ、と言いたげな様子のレフィの言葉を聞き、ユキはすぐさまアイテムボックスを開くと、その中から彼女ら用の衣装をバン、と取り出す。

「うわ、本当に用意しておったのか。余計なことを言ったかの……」

「レフィ、甘く見ちゃダメだよ。おにーさんはこういう時、絶対みんなの分の衣装も用意してるんだから」

「その通り！　こういう遊びは、みんなで一緒にやるから面白いんだ。さあ、君達もこの衣装に身を包みなさい」

「……お主、でぃーぴーの無駄遣いはやめたのではなかったのか？」

呆《あき》れた顔のレフィに、ユキは自信満々の様子で言葉を返す。

「大丈夫大丈夫！　これに使ったＤ　Ｐ《ダンジョンポイント》は、ペットどもを呼んで、全部このために魔境の森で狩った魔物で賄ったからな！　いやー、こういう衣装群は結構高いから、頑張ったぜ」

「お主の茶番のために、こき使われる彼奴《あやつ》らが少々哀れじゃな……」

「ヤツらは俺の配下だからな、俺の命令は絶対なのだよ！　そう、我こそが世界の支配者！　悪の権化たる悪鬼ユキなのだ！」

「冒険家だったり、悪の親玉だったり、忙しいねぇ。おにーさん、物語の中だと、悪役の方が好きだったりする人でしょ」

「ご主人の肩書、全部集めたら結構な量になりそうっすよね」

「あー。確かに悪役はかなり好きだな。本当にカッコいい悪役って、主人公以上に作品を輝かせてると思うんだ。是非とも俺も、そんな悪になりたいもんだ」

「お主がそれを目指すと、童女どもが真似《まね》をして悪役を目指し始めるから、ちょっとやめてほしいんじゃがの……」

「もうイルーナちゃん達、魔王は絶対の正義だと思ってるもんね。まあ、僕もここにいて、魔王の概念が崩れた感があるのは否めないけど」

「そうじゃな、ユキと共におるようになってから、魔王が大分間抜けなもののように感じるようになったの」

「あはは……申し訳ないっすけど、ご主人。否定出来ないっす」

「ネル、ウチの嫁さん達が冷たい。お前も嫁さんの一人として、彼女らの責任を取って俺を慰めてくれ」

「えっ、あー……よ、よしよし。僕が付いてるからね」

「出た、ネルの甘々な甘やかし攻撃！　包み込む母性で、ご主人がダメな感じの人になっちゃうヤツっす！」

「ネル、お主はやはり甘いぞ。其奴《そやつ》には厳しくするくらいがちょうど良いんじゃ」

「フハハハ、どうだ、羨ましいか、君達？」

「……ねぇ、これ、一番ダメージ受けたの、僕じゃない？」

　と、大人達が延々とどうでもいい会話を繰り返していた時、レイラが皆に声を掛ける。

「皆さん、そろそろご飯にしましょうー」

「む、しもうた、もうそんな時間か。早う準備せんと――と思うたが、そう言えば朝、幼女達の弁当を作る時に、レイラが作っておいてくれたのだったか」

「おっと、急いで飯を食って、大魔王冒険家ユキの出番を待たねば」

「……今日のイルーナちゃん達の宝探しごっこもそうっすけど、ご主人、よくそんな、色んな遊びを思い付けるものっすよ」

リューの言葉に、ユキは肩を竦《すく》める。

「ウチはちょっと、特殊な環境のせいで、滅多にダンジョンの外には出られないだろ？　草原エリアは広いし、幼女組も一人じゃないから、ある程度は大丈夫だと思うんだが、それでも毎日同じことをしてると、退屈させちまうと思うんだ。せっかく色々出来る力があるんだから、保護者としてそこはしっかりやらんと」

「……おにーさん、そういうところは、ちゃんと考えてたんだね。いや、そっか。前からずっと、おにーさんは幼女の子達のことを一番に考えてたか」

「……ま、特にイルーナなんかは、彼女の死んだ両親を心配させたくないからな。――さ、それより飯にしよう！」

ちょっと照れくさそうにしながらそう言う彼に、彼女らは顔を見合わせてクスリと笑い、各々テーブルの席に座る。

そして、彼らは彼らで、昼食を食べ始めた。

◇　◇　◇

「ごちそうさまー！　ん～、やっぱりレイラおねえちゃんのごはん、とっても美味《おい》しいなぁ」

「まんぞくまんぞく～！　ごはんがおいしいと、しあわせ～！」

「幸せ～！　こんなお料理が、作れるようになりたいねー！」

二人の言葉に、レイス娘達が緩んだ顔でうんうんと頷《うなず》く。

彼女らもまた、ユキが考案し、レイラが魔力を用いて生成した、彼女ら用の魔力ご飯を食べたため、お腹《なか》いっぱいなのである。

食べてすぐに動くとお腹が痛くなってしまうため、しばしワイワイと話しながら食後の休憩をした後、彼女らは片付けを終えると、再度気合を入れる。

「よし、お腹はいっぱい、幸せもいっぱい！　そしてワクワクもいっぱい！」

「とつにゅうじゅんび、ばんたん！」

「……ご飯で充電完了。イルーナ、突入合図して」

「え、合図？　わかった！　――我が探険隊よ！　謎は目前、未知なる財宝が我々を呼んでいる！

さぁ、是非とも共に立ち向かおうじゃないか！」

「お～、かっこいい！　ちょっとあるじっぽい！」

「……ん、主《あるじ》なら、多分そんな感じ」

同意するように、レイス娘達が笑って頷く。

「えへへ、そうなの。おにいちゃんの真似してみたの」

そんなことを話しながら、彼女らは地下へと続く長い階段を降りていき、一番奥にある重厚な扉を引く。

見た目に反して重さはあまりなく、幼女達のみでも簡単に開き――。

「うわぁ……！」

「すごい！」

「……おっきい」

――広がっていたのは、神殿だった。

広く、奥行きがある、荘厳な神殿。

幾つもの柱と、そして幾つもの像が立ち並び、まるで誘うかのように奥の扉が開いており、更なる通路が覗《のぞ》いている。

魔法なのか、淡い光が幾つかプカプカと浮かび、絶妙な薄暗さがどことなく不気味だ。

思わず圧倒され、その場で固まって見入る彼女ら。

ちなみに、ユキが楽しくなってしまい、調子に乗って造ったのがこの神殿である。

ただ、基本的にテレビで見たことのあるものを、うろ覚えで造ったため、エジプト文明やメソポタミア文明、インカ文明、マヤ文明、アステカ文明など、様式がごちゃまぜになった神殿になっているのだが、しかしこちらの世界には存在していない文明の遺跡であるため、そこに疑問を持つ者は誰《だれ》もいない。

彼の「地下遺跡……欲しいな。ハムナプ○ラ、インディ・ジョー○ズ……やっぱ、カッコいいよな」などという思い付きが始まりであり、ぶっちゃけこの冒険ごっこも、せっかく造ったのに何にも使わないのは勿体《もったい》ないし……などという思いから立てた計画である。

「……きっと、この先にお宝があるんだね！」

「ドキドキがとまらないよ！」

「……財宝が待っている」

彼女らは、高揚感と共に前へ踏み出し――その時、先頭だったイルーナが、ガチ、と足元のタイルを踏み抜いた。

次の瞬間、ゴゴゴゴ、という音が背後から聞こえ、一斉に後ろを振り返る。

背後の天井が突如開き、そこから転がり落ちてくる大岩。

「！　お、大岩⁉」

材質は石製ではなく、スポンジ製である。

「に、にげなきゃ！」

「……急いで前の建物へ。通路が狭くなってるから、大岩は入って来れない」

迫りくるそれを見て、幼女達は一目散に前方へと逃げ始める。

無論、幼女達もそれが本物じゃないとわかっている――というか、彼女らの保護者である彼が自分達に危険なことをする訳がないと心底から理解しているので、アレに潰《つぶ》されても何ともないことを実は内心でわかっているのだが、律義に悲鳴をあげてその場から逃げ出す。

悲鳴というか、ほとんど歓声であるが。

宙を飛んでいるため動きが素早いレイス娘達が一足先に前へ行き、少し狭くなっている通路まで辿《たど》り着《つ》くと、三人に「早く早く！」と全身で手招きする。

やがて彼女らは、全員が安全地帯の通路へと逃げ切り、その出入口に大岩がぶつかり、ズゥンと、ではなくポフゥンといった感じで塞《ふさ》ぐ。

「フゥ……これで、もう戻れないってことだね」

「われわれは、まえにすすむのだ！」

「……前進あるのみ」

勿論、スポンジ製なので押せば簡単に後ろに戻って行くのだが、とにかく来た道が塞がれてしまったので、彼女らは前へと進むことを決意する。

「それで、ここは――あれ？　何だか通路、狭くなってない？」

「！　か、かべがせまってるよ！」

「……急いで抜けなきゃ」

少しずつだが、確実に狭くなっている通路。

ここでものんびり出来ないと判断した彼女らは、すぐに前方へと走って進んでいくが、ユキの仕掛けは、まだまだ終わらない。

先にあるのは、床の大半が抜け、細く曲がりくねった道。

いや、もっと奥を見ると、点々とした足場や、結び目のあるロープを伝って渡らなければならないらしいところもあり、多彩なアスレチック用遊具——もとい、死のトラップが張られていることがわかる。

ちなみに抜けた床の下には、非常に柔らかく厚手のマットが敷かれており、しっかり梯子《はしご》も設置されているので、どれだけ失敗してもやり直せるようになっている。

あと、迫りくる壁は、一定のところで停止する設定になっているため、そちらは完全に雰囲気作り用のギミックである。

雰囲気作りは、大事なのである。

「あっ……失敗しちゃった」

「イルーナ、てを！」

「……協力していこう」

「わっ、レイちゃん、念力、ありがと！」

「……このステージは、レイの力が重要になりそう」

「そうだネ！　ねんりき、ここはつよいよ！」

「みんなで協力して、乗り越えよう！」

幼女達は、何度も落ち、失敗しながらも挑戦を繰り返し、互いを助け合い、前へ前へと進み続ける。

不屈の精神を持った、冒険家達。

彼女らは決して失敗にめげることはなく、襲い来る難関に屈せず――まあ、純粋にアスレチックを楽しんでいる、というのもあるが、着実にゴールへと近付いていく。

そして――。

「着いた……！　あれが、魔王の秘宝……？」

「あるじのことだし、さいごにもういっこ、なにかあるとおもう！」

「……同感」

死のトラップを潜《くぐ》り抜けた彼女らは、厳めしく神々しい像に囲まれた、少し開けた空間に辿り着く。

どうやらここが最終地点であるようで、他への出入口は見当たらず、広間の中央に何か大きな棺《ひつぎ》のようなものが置かれている。

恐らくその棺に何かがあるのだろうと、幼女達はそれに近付き――どうやらそれが、トリガーだったようだ。

『来たな、冒険家達よ……』

「！　この声は！」

「もしかして！」

「……大魔王冒険家、ユキ」

室内全体に響き渡る、おどろおどろしい声。

次の瞬間、ガコン、と棺がひとりでに開き、その間から包帯が巻かれた腕が現れる。

『いてっ……ちょっと狭く造り過ぎたな。――オホン、ここまで辿り着いたその手腕、褒めてやる。故に最後は、この身が相手をして、お前達が秘宝を渡すに相応《ふさわ》しいか見てやるとしよう‼』

姿を現したのは、彼女らの予想通り、大魔王冒険家ユキだった。

「！　みんな、戦いの準備だよ！」

「うおー！　たたかいダー！」

「……敵は強大。侮りがたし」

三人の言葉の後に、レイス娘達もまた「むん！」といった様子でファイティングポーズを取る。

『フッ、いい度胸だ、お前達。さあ、存分に戦おうではないか‼　我を倒した暁には、しかと秘宝をお前達に授けよう‼　グワーッハッハッ‼』

そして、大魔王冒険家ユキと、勇気ある幼女冒険家達による、壮絶な戦いがここに幕を開けるのだった。

◇　◇　◇

「ただいまー」

「ただいまー！」

大魔王冒険家ユキと、幼女冒険家達は、仲良く真・玉座の間へと帰宅する。

「うむ、おかえり、お主ら。――お？　何じゃ、見慣れぬ腕輪をしておるの」

「おねえちゃん、見て見て！　財宝をゲットしたの！　綺麗《きれい》な腕輪でしょ！」

「シィもね、もらっちゃった！」

「……みんなお揃《そろ》い」

彼女らの言葉の後に、レイス娘達が同じように人形の片手をあげ、腕輪を見せる。

「ほう、それは良かったのう。しかも、どうやら魔術回路が組み込まれておるようじゃな。……ふむ、『防護』の魔法か。お主ら、大事にするんじゃぞ」

「うん、とってもかっこよかった！　はー、楽しかった！　おにいちゃん、あの地下遺跡、すごいね！　とってもかっこよかったよ！」

「スリルいっぱいで、きけんがいっぱいでたのしかった！」

「……ん。迫力満点」

「ハハ、そうか、そう言ってくれると造った甲斐《かい》があったってもんだ」

「何じゃ、また何か新しいものを造っておったのか？」

「おにいちゃん、いつの間にか地下遺跡つくってたんだよ！」

「へぇ、地下施設。おにーさん、本当に何かを作るの、好きだねぇ」

「あら、遺跡ですかー？　どのような形式のものなのか気になりますねー」

「おっと、レイラの好奇心に火がついたっすね。けど、ウチも興味あるっす！」

「ちょっと気が向いてな。なかなか出来が良かったから、次はお前らに紹介しようか。――新たな冒険家諸君！　我が名は大魔王冒険家ユキ！　果たしてお前達は、魔王の秘宝にまで辿り着けるかな？」

「先輩冒険家として、いっぱい色々教えてあげるよ！」

「えっへん！　われわれは、しんのぼうけんかになったのだ！」

「……みんなとの冒険、聞いてほしい」

今日の魅力的な冒険譚《たん》を語り、彼女らの一日は終わる——。

あとがき

どうも、流優《りゅうゆう》です！　九巻をご購入いただき、誠にありがとうございます！

いやぁ……また一歩、レフィとユキの関係が深くなりましたね。少しだけ、その辺りに関しての解説を。

ユキは、胸の内に大きなコンプレックスを一つ抱いています。自身の性格の子供っぽさ、大人らしくない大人、というところにです。

故に、レフィ、ネル、リューの三人と夫婦という関係になっていながらも、子供を持つということに対して不安を抱いており、これまでイチャイチャはしていても、そこからさらに一歩踏み込むことを彼は躊躇《ちゅうちょ》していました。

真っ当な大人と言えない自身が子供を作って、その命に責任を持ってちゃんと育てられるのか、という点がユキにとって大きな不安だった訳です。

それを乗り越えられたのは、やはり、イルーナが理由です。

イルーナは彼の中で中核に位置する存在であり、言わば彼女を中心にダンジョンが回っているとも言えます。

故に、ユキにとっての精神的支柱なのです、彼女は。

そんなイルーナの言葉によって、彼は多少自信が付き、もう一歩を踏み込めるようになりました。

作者は、物語を深めるために大切なことは、登場人物が『人』であることだと考えています。人であるからこそ、それぞれ必ず悩みや自身の嫌いな点などが存在し、そしてそれをどうにかしようと日々足掻《あが》いている、と。

なので、作者もまたユキを一人の人たらしめんと、今巻に限らずそういう内面描写までを強く意識して書いてきましたが、上手《うま》く書けているかどうかは……まあ、作者の戦いですね（笑）。


最後に、謝辞を。

遅れに遅れた原稿を待っていただいた担当さん、唯一神だぶ竜《りゅう》先生、この作品に深みを与えてくれている遠野《とおの》ノオト先生！

関係各所の皆様に、この本をお手に取っていただいた読者の方々！

全《すべ》ての方に心からの感謝を。


それでは、またお会いしましょう！　じゃあな！

お便りはこちらまで

〒102－8078
カドカワBOOKS編集部　気付
流優（様）宛
だぶ竜（様）宛

カドカワBOOKS

魔王《まおう》になったので、ダンジョン造《つく》って人外娘《じんがいむすめ》とほのぼのする 9

2020年 9 月10日　初版発行

著者／流優《りゅうゆう》

発行者／青柳昌行

発行／株式会社KADOKAWA

〒102-8177
東京都千代田区富士見2-13-3
電話／0570-002-301（ナビダイヤル）

編集／カドカワBOOKS編集部

印刷所／大日本印刷

製本所／大日本印刷

●お問い合わせ
https://www.kadokawa.co.jp/（「お問い合わせ」へお進みください）
※内容によっては、お答えできない場合があります。
※サポートは日本国内のみとさせていただきます。
※Japanese text only

Printed in Japan
ISBN 978-4-04-073786-7 C0093

新文芸宣言

かつて「知」と「美」は特権階級の所有物でした。

15世紀、グーテンベルクが発明した活版印刷技術は、特権階級から「知」と「美」を解放し、ルネサンスや宗教改革を導きました。市民革命や産業革命も、大衆に「知」と「美」が広まらなければ起こりえませんでした。人間は、本を読むことにより、自由と平等を獲得していったのです。

21世紀、インターネット技術により、第二の「知」と「美」の解放が起こりました。一部の選ばれた才能を持つ者だけが文章や絵、映像を発表できる時代は終わり、誰もがネット上で自己表現を出来る時代がやってきました。

UGC（ユーザージェネレイテッドコンテンツ）の波は、今世界を席巻しています。UGCから生まれた小説は、一般大衆からの批評を取り込みながら内容を充実させて行きます。受け手と送り手の情報の交換によって、UGCは量的な評価を獲得し、爆発的にその数を増やしているのです。

こうしたUGCから生まれた小説群を、私たちは「新文芸」と名付けました。

新文芸は、インターネットによる新しい「知」と「美」の形です。

2015年10月10日
井上伸一郎

元社畜、
異世界の端っこでのんびりモノづくり生活、はじめます。
WEBデンプレコミックほかにて
コミカライズ連載中!!!
漫画：日森よしの
たままる ill キンタ
カドカワBOOKS
異世界に転生したエイゾウ。モノづくりがしたい、と願って神に貰ったのは、国政を左右するレベルの業物を生み出すチートで……!? そんなの危なっかしいし、そこそこの力で鍛冶屋として生計を立てるとするか……。

鍛冶屋
ではじめる
異世界
スローライフ
シリーズ好評発売中!!
第４回カクヨムWeb小説コンテスト
異世界ファンタジー部門〈大賞〉

【修復】スキルが
万能チート化したので、
武器屋でも開こうかと思います
星川銀河 ill. 眠介
最強素材も
【解析】【分解】【合成】で加工！
セカンドキャリアは絶好調！
白泉社アプリ
『マンガPark』にて
コミカライズ
連載中!!!!
漫画：榎ゆきみ
カドカワBOOKS

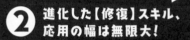

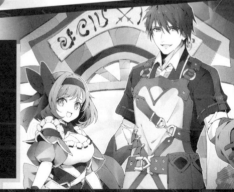

料理で胃袋わし掴み!?
男子高校生、異世界で
主夫生活始めます!
B's LOG COMICにて連載中!
ビーズログコミックスよりコミックス絶賛発売中!!
漫画：不二原理夏
原作：港瀬つかさ
キャラクター原案：シソ
シリーズ好評発売中!
最強の鑑定士って誰のこと?
~満腹ごはんで異世界生活~
港瀬つかさ　イラスト／シソ
異世界転移し、鑑定系最強チートを手にした男子高校生の釘宮悠利。ひょんな事から冒険者に保護され、彼らのアジトで料理担当に。持ち前の腕と技能を使い、料理で皆の胃袋を掴みつつ異世界スローライフを突き進む!!
カドカワBOOKS